光文社文庫

長編時代小説

足《あし》抜《ぬき》

吉原裏同心(2)
決定版

佐伯泰英

光　文　社

目次

新吉原廓内図

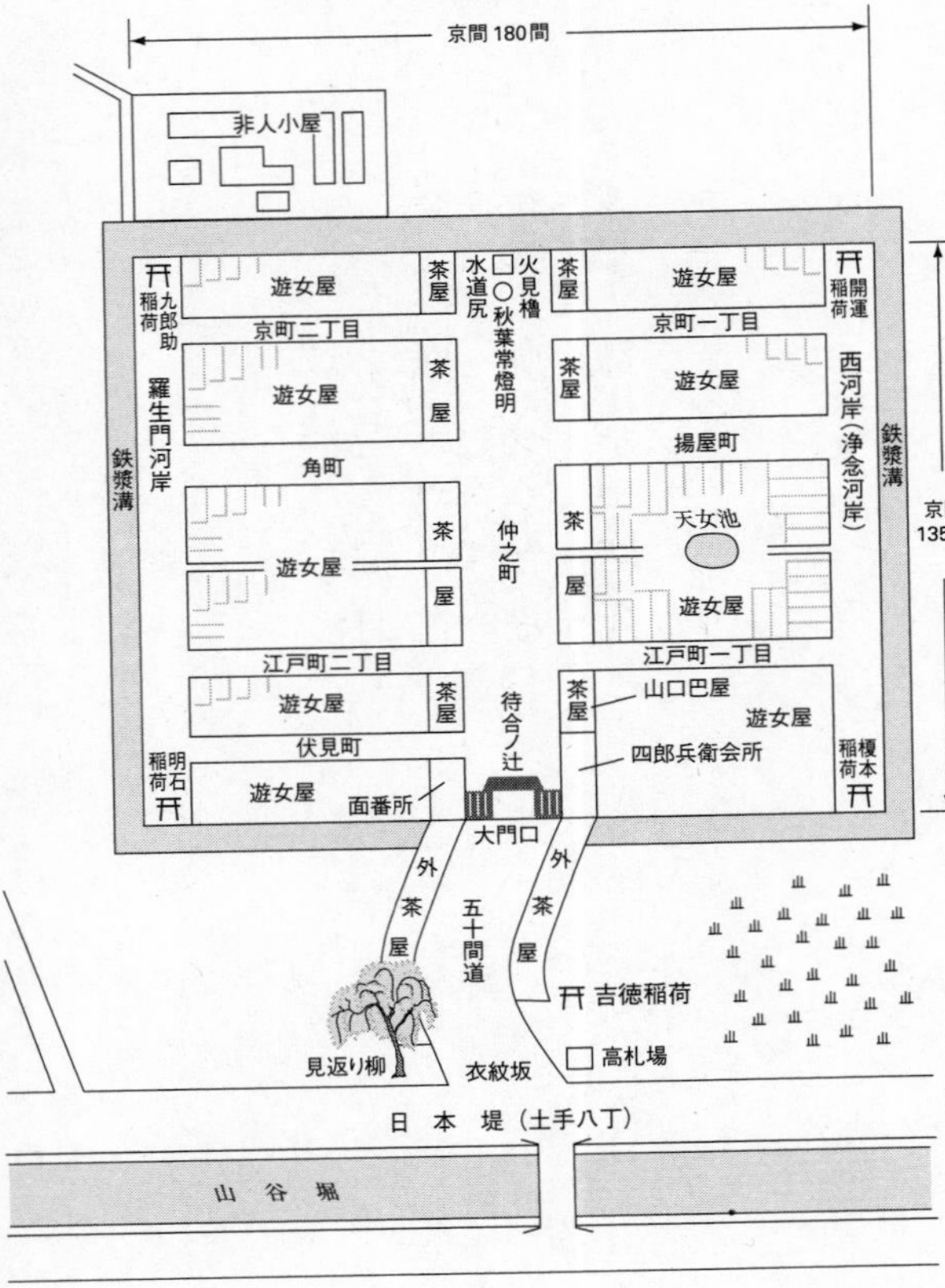
京間 180間
非人小屋
九郎助稲荷
遊女屋
茶屋
火見櫓
水道尻
秋葉常燈明
開運稲荷
京町二丁目
京町一丁目
羅生門河岸
西河岸（浄念河岸）
鉄漿溝
揚屋町
角町
天女池
仲之町
京間 135間
江戸町二丁目
江戸町一丁目
山口巴屋
待合ノ辻
伏見町
四郎兵衛会所
明石稲荷
榎本稲荷
面番所
大門口
外茶屋
五十間道
吉徳稲荷
高札場
見返り柳
衣紋坂
日本堤（土手八丁）
山谷堀

北
東
南
西
荒川
千住大橋
鐘ヶ淵
隅田村
千住道
三河島
田端
日暮里
小塚原
隅田川
寺島村
駒込
谷中
日本堤
金杉上町
新吉原
今戸町
千駄木
白山
下谷
鷲神社
山谷堀
今戸橋
東叡山寛永寺
浅草寺
小梅村
根津権現
東本願寺
御薬園
本郷
小石川
中堂
幡随院
広徳寺
阿部川町
浅草花川戸町
伝通院
吾妻橋
竹町ノ渡し
不忍池
新堀川
田原町
三間町
菊坂町
池之端仲町
下谷広小路
並木町
駒形堂
御徒町
湯島天神
春日町
蔵前
水戸徳川家
北割下
牛込
森田町
石原町
御米蔵
神田川
神田明神
外神田
向柳原
神楽坂
牛込御門
小石川御門
水道橋
天王町
浅草橋
柳橋
御竹蔵
南割下水
番町
昌平橋
筋違御門
和泉橋
柳原土手
両国広小路
本所
市谷
田安御門
俎板橋
雉子橋御門
一ツ橋御門
内神田
馬喰町
両国橋
回向院
市谷御門
清水御門
神田橋御門
竪川
小伝馬町
今川橋
日本橋
新大橋
常盤橋御門
小名木川
麹町
室町
江戸橋
北町奉行所
江戸城
半蔵御門
呉服橋御門
仙台堀
深川
南茅場町
西之御丸
日本橋
材木町
永代橋
南町奉行所
鍛冶橋御門
組屋敷
八丁堀
京橋
霊岸島
富岡八幡宮
赤坂御門
永田町
桜田御門
数寄屋橋御門
西本願寺
石川島
山王日枝神社
越中島
新橋
築地
溜池
幸橋御門
佃島
汐留橋

『足抜』主な登場人物

神守幹次郎……豊後岡藩の馬廻り役だったが、幼馴染で納戸頭の妻になった汀女とともに逐電の後、江戸へ。吉原会所の頭取・七代目四郎兵衛と出会い、剣の腕と人柄を見込まれ、「吉原裏同心」となる。

汀女……豊後岡藩の納戸頭のもとに嫁ぐが、幼馴染の幹次郎とともに出奔。吉原遊廓に辿りつく。吉原にて、遊女たちの手習いの師匠を務める。

四郎兵衛……吉原会所の七代目頭取。吉原の奉行ともいうべき存在。

仙右衛門……吉原会所の番方。四郎兵衛の右腕。

村崎季光……南町奉行所隠密廻り同心。会所向かいの面番所に詰めている。

薄墨太夫……大見世三浦屋抱えの、当代きっての花魁。

足《あし》 抜《ぬき》——吉原裏同心（2）

第一章　八朔《はっさく》の怪

一

朝から雨が降り続いていた。
いや、何日も前から間断《かんだん》なく降っていた。
かびが江戸の町をしっぽり包み込むような、じとじとしたすすき梅雨《つゆ》だった。
「ああ、いやだいやだ……」
裏長屋から女の溜息《ためいき》が響いてきた。棒手振《ぼてふ》りも職人も仕事に出られなかった。
それが十日以上も続いていた。米びつも底をついたのだろう。
八朔《はっさく》は旧暦八月一日。
ふだんならば残暑が厳しい季節だ。

この日、在府《ざいふ》の大名諸侯《しょこう》は白帷子《しろかたびら》で登城して将軍家に祝辞を述べる習わしだ。それは天正《てんしょう》十八年（一五九〇）八月一日に家康《いえやす》公が関東入りした式日《しきじつ》を重んじてのことだ。

八朔を重んじる習慣は町人、百姓衆にも及んで、ついには吉原遊廓《よしわらゆうかく》にも取り入れられて最大の紋日《もんび》となったのである。

この日、吉原では廓《くるわ》内の女郎衆が白無垢《しろむく》の袷《あわせ》を着て道中する風景が見られた。この習《なら》わし、元禄《げんろく》年間（一六八八〜一七〇四）のある八朔、江戸町《えどちょう》一丁目の巴屋源右衛門《ともえやげんえもん》の抱え太夫《だゆう》高橋《たかはし》の発案に由来する。かねて馴染《なじみ》の客が揚屋《あげや》に姿を見せたと聞いた太夫は、悪寒《おかん》のために気分優れず、そこで道中を袷衣の白無垢小《こ》袖《そで》で行ったところ、

（粋《いき》でありんす）

と朋輩《ほうばい》衆が言い出し、翌年からわれもわれもと始まったとか。

寒むそうな　なりで一日　汗をふき

残暑に遊女が白の袷衣を着て、異様な道中をする風景を詠《よ》んだものだ。

天明《てんめい》六年（一七八六）の秋、秋寒長雨の異変が続いていた。

袷衣どころか綿入れがいりそうな天気だ。

浅草田町《あさくさたまち》の左兵衛《さへえ》長屋では汀女《ていじょ》が神守幹次郎《かみもりみきじろう》のために新しく仕立てた羽織袴《はおりはかま》の仕付《しつ》け糸を抜いていた。

「道中が叶《かな》いましょうかな」

汀女が幹次郎に声をかけた。

「うーむ」

汀女が丹精《たんせい》した菊の鉢植えもしっとりと濡《ぬ》れていた。そのせいで黄色や白が凜《りん》として見えた。

「雨が上がるとよいな」

幹次郎は吉原遊廓の私警ともいえる四郎兵衛会所《しろべえかいしょ》の七代目頭取《とうどり》、四郎兵衛から道中を見物に来るようにと招《まね》かれていた。

「折角《せっかく》の道中、女郎衆も楽しみにしておられますでな」

年上の汀女は吉原で遊女たちを教えていた。

汀女の手習い塾が始まっておよそ半年、最初は五日に一度、数人から始まった手習い塾は今では三日に一度になり、読み書き習字と俳諧《はいかい》などを分けて教えられていた。

汀女の人柄を慕《した》った弟子たちがおよそ三十数人ほど習いに来る。

北国《ほっこく》の傾城《けいせい》といわれる吉原は気位の高い遊廓であった。

遊女三千人の太夫ともなれば和歌、連歌、書道、茶道、香道《こうどう》、華道などに通じ、琴や琵琶《びわ》を弾《ひ》く者もいた。ただ、低級な局見世《つぼねみせ》（切《きり》見世）になるとそんな余裕も必要もない。

四郎兵衛は、京間《きょうま》縦《たて》百三十五間《けん》、横百八十間、四周を塀と堀に囲まれた二万七百六十七坪の吉原《なか》に住み暮らす女たちのために息抜きを考えた。と同時に、遊女たちが手習いの場でふと漏らす言葉の端々からその思い悩む心底《しんてい》を探り、事件事故を未然に防ごうとも考えていた。

四郎兵衛の思惑《おもわく》とは別にともかく汀女の塾は流行《はや》った。

「うちの女郎に学問はいりません」

と反対していた楼主《ろうしゅ》たちも塾に通う遊女たちの気持ちが穏やかになってきた、招き文の字がきれいになり、誘いの文《ふみ》を読んで吉原に駆けつけてくる客が増えたというので歓迎していた。

一方神守幹次郎は独創自得《どくそうじとく》した薩摩示現流《さつまじげんりゅう》の剣と、汀女との流浪《るろう》の旅の途中、加賀《かが》の城下外《はず》れの眼志流《がんしりゅう》小早川彦内《こばやかわひこない》道場で会得《えとく》した居合《いあい》の技を四郎兵衛に買われて、会所のために働いていた。

いわば汀女が遊女たちの心を探る耳目《じもく》であり、幹次郎は用心棒、吉原裏同心であった。

夫婦ふたりの働きに会所では二階屋の左兵衛長屋を用意し、報酬二十五両を与えた。

汀女と幹次郎は豊後岡《ぶんごおか》藩七万三千石の城下で下士《かし》が住む同じ長屋で育ち、姉と弟のように育ってきた。が、汀女が借金のかたに年の離れた藩士藤村壮五郎《ふじむらそうごろう》のもとに嫁に行って三年後、幹次郎は汀女に誘いかけて、豊後岡城下を逐電《ちくでん》した。

夫の藤村らの追っ手がかかった。

妻仇《めがたき》と呼ばれて諸国を流浪すること十年、藤村ら追跡者たちから逃れながら吉原に流れつき、ようやく安住の地を手に入れたのだ。

遊女たち三千人が住む二万余坪の吉原には豊後岡藩とは比べものにならない暮らしがあった。

金と欲望が粋《いき》と意気《いき》に包み直されていても、なおそこには人の業《ごう》が赤裸々《せきらら》に覗《のぞ》いた。

「おお、雨も小降りになったようじゃ」

九つ（正午）前、雨が上がり、薄日が差してきた。

「ようございましたな」

隣の裏長屋から歓声《かんせい》が上がった。

子供の声も喜色《きしょく》に満ちていた。

八つ（午後二時）前、熱い茶を飲んだ幹次郎は汀女の助けで着替えをした。

幹次郎が初めて袖を通す絹《きぬ》ものの羽織袴は渋い鉄錆色《てつさびいろ》で長身の幹次郎によく映《は》えた。

「幹どのによくお似合いじゃや。だいぶ若返られて、私とはほんとの姉と弟のようですぞ」

年上を気にするいつもの言葉を聞き流して幹次郎は言った。

「姉様《あねさま》、柔らかものを着て罰《ばち》が当たらぬか」

「吉原に世話になって、極楽に来たようですね」

「まだ極楽は早かろう」

汀女は新しい雪駄《せった》も用意していてくれた。

姉さん女房は幹次郎の指が緒《お》に当たらぬように柔らかくかたちを整えて三和土《たたき》

に下ろしてくれた。

無銘《むめい》ながら江戸の研《と》ぎ師が豊後国行平《ぶんごのくにゆきひら》と見立てた豪剣を腰にたばさんだ幹次郎の姿は、どこぞの藩の家臣と見えなくもない。

「行って参る」

「行ってらっしゃいませ」

と浅草田町の左兵衛長屋を出た。

雨上がりの浅草裏を薄日が照らして、水溜まりがきらきらと光っていた。

山谷堀《さんやぼり》の通称土手八丁《どてはっちょう》、日本堤《にほんづつみ》に上がると白無垢道中を見物に行く素見《ひやかし》の男たちがぞろぞろと吉原に向かっていく。

駕籠《かご》が行き、馬が向かう。

八朔の大名方の登城を見物してから吉原に回ってきた勤番 侍《きんばんざむらい》もいた。

いつにも増して土手八丁は晴れやかだった。

幹次郎も人込みに押されるように通称衣紋坂《えもんざか》と呼ばれるだらだら坂を下って五十間道《ごじっけんみち》に向かった。

衣紋坂の由来は俗に、遊客が女郎にもてようと衣紋、つまりは衣服を直したことにあるという。が、衣紋坂の名は実際には京の島原《しまばら》遊廓の小さな石橋、衣紋橋の名を江戸に引き移したものといわれる。

幹次郎の前方を若旦那風の男が少し前屈《かが》みになって、懐《ふところ》を片手で押さえるようにして急いでいた。

大方馴染の遊女に招かれた上客だろう。

その若旦那にとんと肩の当たった者がいた。

「無礼者！」

無精髭《ぶしょうひげ》を生やした浪人《ろうにん》が酒に酔ったか、ふらふら歩いてきて自分の方から若旦那の肩にぶつかったのだ。

「あれっ」

若旦那がよろけた。

「これはついうっかり……」

「うっかりだと。うっかりで済むか」

浪人はいきなり若旦那の襟口《えりぐち》を摑《つか》むとぐいっと大力で引きつけた。

「ら、乱暴な……」

若旦那が足をばたつかせて悲鳴を上げた。

「およしなさいな、吉原に通じる土手八丁で無粋《ぶすい》ですよ」

婀娜《あだ》っぽい恰好の女がふたりの間に割って入った。

幹次郎の眼は女の左手の動きを見逃さなかった。

女の手が機敏《きびん》に若旦那の懐に入り、出た。

「女だてらに仲裁なんぞをしてどうけりをつける」

浪人が若旦那の襟を放した。

「仲裁は時の氏神《うじがみ》といいますからね、いいでしょう。そこらの茶屋でお付き合いを致しましょうか」

「呑ましてくれるというか」

「はいな」

浪人と女が肩を並べて歩みかけ、若旦那がぺこぺこと女に頭を下げた。

呆気《あっけ》に取られて見物していた素見の男たちもふたたび吉原大門《おおもん》へと動き出した。

「待て、女」

幹次郎が声をかけたのはその瞬間《とき》だ。

女と浪人がぐきりと立ち止まり、幹次郎が、

「懐のものを調べなされ」

と若旦那に命じた。

「なにか……」

と言いながらも懐を叩《たた》いた若旦那が、

「懐中物はございます」

と顔を上げた。

「おい、われらを掏摸《すり》と見間違えたか、許せぬ」

浪人と女が体を交差させようとした。

「動くでない！」

幹次郎の叱声《しっせい》が土手に響いた。

腹に響く声だった。

動きが止まった。

「財布を出して確かめよ」

幹次郎はふたりの動きを睨《にら》み据えて、若旦那にさらに命じた。

がさごそと懐に手を入れた若旦那が悲鳴を上げた。

「わ、私の財布じゃありませんよ！」

若旦那が古びた革《かわ》財布を振った。すると平らな小石が転がり落ちた。

「女、仲間に渡してはいまいな。もしや──」

幹次郎の声が言いさすとふたりに近づいた。
「私がなにをしたというんだよ！」
女がまなじりをつり上げて怒鳴った。
「なんなら土手ですっ裸《ぱだか》になるかえ！」
それが合図のように殺気が幹次郎の右手から押し寄せてきた。
ちらりと見た。
匕首《あいくち》を腰にぴたりとつけたやくざ風の若者が突っ込んできた。
剽悍《ひょうかん》な動きであった。
幹次郎は辛《かろ》うじて切っ先を避《よ》けた。
前方へ走り抜けた若者が鋭《するど》く反転するとふたたび突進してきた。
幹次郎の腰が沈み、柄《つか》に掛かった手が閃《ひらめ》いたとき、光が弧《こ》を描いた。
峰に返す暇はない。それほど迅速な襲撃だった。
匕首を握った手首が斬り飛ばされて虚空《こくう》を飛んだ。
眼志流浪返《なみがえ》し。
「ううっ！」
若者は腕を抱えて地面に転がった。

浪人者が大剣を抜いて突進してきた。

今度は余裕があった。

幹次郎は無銘の長剣を虚空に跳《は》ねさせて、突進してきた浪人者の肩口にぴたりと止めた。

浪人は刃に抑えられて身動きがつかなくなった。

「わあっ！」

という喚声《かんせい》が上がった。

女が野次馬の輪の外に逃れようとした。

が、突き転がされて幹次郎の前に倒れてきた。

その後ろから四郎兵衛会所の長法被《ながはっぴ》を粋に着た小頭《こがしら》の長吉《ちようきち》が若《わか》い衆《し》を連れて姿を見せた。

「神守様、あとはお任せを……」

若い衆のひとりが女の袖口からもうひとつの革財布を出して見せた。

「そ、それが私のものにございます」

その声を背に聞いて刀を納めた幹次郎は、三曲がりの五十間道を折れていった。

屋根付きの大門の周りは昼下がりというのに男たちで溢《あふ》れていた。

幹次郎は人込みの肩越しに左手にある面番所《めんばんしょ》を見た。

町奉行所隠密廻《おんみつまわ》りの詰め所である。

同心の村崎季光《むらさきとしみつ》の隣に、ふだんは顔を見せることがない内与力《うちよりき》の代田滋三郎《しろたじさぶろう》の顔があった。

本来、吉原といっても市中同然に町奉行所の支配区域であり、隠密廻りの同心が常駐して、廓内外の揉《も》めごとを処理する。

だが、吉原には廓内の特別な仕来たりがあって、廓法、いわば吉原の法律の下に運営されていた。そこで町奉行所から出張《でば》ってくる町方《まちかた》はかたちばかりのお飾りと化し、

「そなたらで始末せえ」

と面番所の前にある四郎兵衛会所に任務を預けてしまった。

その代わりに紋日ごとに特別な金が会所から面番所に贈られ、上げ膳据え膳の饗応《きょうおう》、送迎の舟までが用意されることが常習化していた。

代田が顔を出したのは紋日の騒ぎを取り締まるためではない。袖の下を受け取るために出張ってきたのだ。

幹次郎は会所の前を通り過ぎると江戸町一丁目へ曲がり、和泉楼《いずみろう》と讃岐楼《さぬきろう》の間の路地に入った。そこの入り口には一見所在なげに町内の老婆が控えていて、遊客が迷路のように入り組んだ蜘蛛道《くもみち》と呼ばれる路地の奥に入り込むのを止めていた。

幹次郎を見た老婆が、

（おや、神守の旦那、今日はよそ行きの一張羅《いっちょうら》を着せられている）

という顔でにやりと笑った。

迷路のような路地を曲がり、会所の裏戸を叩いて三和土《たたき》に入った。

顔見知りの若い衆が、

「四郎兵衛様がお待ちですよ」

と、さらに三和土から鉤形《かぎがた》に曲がる通路を案内《あない》した。

吉原の廓内の一角に静寂が支配する座敷があって、吉原の町奉行職ともいえる初老の人物がいた。四郎兵衛会所の七代目頭取だ。

「お久しゅうございますな」

「無沙汰をしております、四郎兵衛様」

「今日はまた一段と晴れやかでございますな」

幹次郎は照れたように笑い、

「四郎兵衛様のおかげでこのような絹物に手を通すことができました」

と言った。

「近ごろ、何の役にも立てず恐縮にございます」

「なあに、神守様がのんびりしているのは吉原が平穏無事な証《あか》しにございます。ですが、またお力を借りることになろうかと思いますよ」

白無垢道中の見物だけのために幹次郎を呼んだのではなかった。

「なんなりとお申しつけくだされ」

「それはまた後で……」

と言いかけたとき、障子の向こうから長吉の声がした。

「なんぞありましたか」

四郎兵衛の声はあくまで穏やかだ。

「先日からこの辺りに出没していた掏摸《すり》一味を捕縛しましてございます」

「おお、捕まえなすったか。それはお手柄……」

長吉が障子を開けて入ってきて、幹次郎に会釈《えしやく》した。

「いえ、わっしの手柄じゃございません。神守様にございますよ」

長吉が日本堤の一件を報告した。

「なんとまあ、紋日の道中見物にお呼びしたのに、すでにひと汗かかれていたとは恐縮にございましたな」

幹次郎はただ笑った。

「数月前から、紋日になると浅草、吉原界隈《かいわい》に掏摸一味が現われましてな。神守様がご覧になった通りの乱暴な手口で懐の物を掏り替える。被害は三百両を超えておりましょう」

八朔など紋日は馴染の客が多く吉原に通う。揚《あ》げ代もふだんの倍と高いから客の懐も膨《ふく》らんでいた。それを掏摸は狙《ねら》うという。

「女はお銀《ぎん》、浪人者はお銀の亭主熊野代五郎《くまのだいごろう》でございます」

身許が割れているのか、長吉がすらすらと説明した。

「若い見張りの参吉《さんきち》は小伝馬町《こでんまちょう》の牢入りも一度や二度できかないやくざ者です、叩けばいくらも余罪が出ましょう。こやつには双子の四蔵《よつぞう》という弟がいるそうでございます」

長吉に代わって四郎兵衛が言い出した。

「面番所では紋日の実入りの他に思わぬ手柄、さぞほくほくでございましょうよ」

いくら吉原が廓法で守られた自治地域とはいえ、廓外までそれが通用するわけではない。表立った処理は面番所を通して行われた。だから、幹次郎らが捕まえたお銀一味も面番所に突き出されて、隠密同心たちの手柄となる。

「ただな……」

四郎兵衛は危惧《きぐ》の顔に戻した。

「乱暴な手口の掏摸は、お銀一味だけではない様子なんで。いくつかの一味を操る頭分《かしらぶん》がいると私どもは考えておりましてな。お銀らの口からそれが幾分でも漏れるといいんだが……」

そう言った四郎兵衛は話題を変えた。

「そろそろ道中の始まる刻限《こくげん》かな」

そのとき、四郎兵衛の腹心の部下、番方《ばんかた》の仙右衛門《せんえもん》が顔を見せて、幹次郎に目《め》顔《がお》で挨拶《あいさつ》した。

「四郎兵衛様、ちょいと困ったことが……」

と耳打ちした。

「なんとまた……」

四郎兵衛の顔が緊迫した。考えるような迷ったような表情の後、幹次郎に視線が向けられ、

「神守様、ちょいと中座しますがな、好きなように道中を見物していなされ。後で酒などご一緒しましょうぞ」

と言い残すと厳しい顔に変え、座敷を出ていった。

二

幹次郎は時を置いて、会所の奥座敷から吉原の仲之町《なかのちょう》に戻った。

仲之町は大門から秋葉常燈明《あきばじょうとうみょう》へ真っ直ぐ抜ける京間百三十五間の大通りだ。

すでに女郎衆の白無垢の迎え道中が始まっていた。むろん仲之町の大門近くにある七軒茶屋《しちけんぢゃや》まで道中で客を迎えに出るのは位の高い、大籬《おおまがき》(大見世《おおみせ》)の花魁《おいらん》衆だけだ。

見物の客たちが何重にも重なって白無垢の道中が来るのを待っていた。

「押すんじゃねえ、唐変木《とうへんぼく》!」

「おれじゃねえ、後ろっからだ」

素見《ひやかし》たちがわいわいと騒いで待っていた。

ふいに喚声が上がった。

京町《きょうまち》二丁目辺りからだ。

三枚歯の塗《ぬり》高下駄に大傘を差し掛けられた花魁が外八文字《そとはちもんじ》に足を動かして、ゆっくりゆっくりと姿を見せた。

「おおっ、薄墨《うすずみ》だぜ」

さすがに当代一の売れっ子花魁だけに、偉容を漂《ただよ》わしての道中だ。

禿《かむろ》、新造《しんぞう》を華やかに従えた薄墨太夫は灯籠鬢《とうろうびん》に白塗りの化粧、紅《べに》が一筋あでやかだ。

襦袢《じゅばん》の上に三枚の白無垢小袖の重ね着、さらに純白の打掛《うちかけ》を羽織っていた。本絹の上帯はお決まりの前結び、むろん純白だ。

雨上がりの吉原に清々《すがすが》しい風が吹き抜けていく。

男たちを沈黙させる貫禄《かんろく》を見せつけた薄墨太夫が幹次郎が立つ辺りに視線をやって、艶然《えんぜん》と笑った。

薄墨はむろん幹次郎を見たわけではない。たまたま立っていた場所に視線を向けただけだ。

そのとき幹次郎は、薄墨太夫が汀女の俳諧の弟子になったことを思い出していた。

するとき沈黙が破れて、溜息にも似た喚声がそこここから上がった。

「三浦屋《みうらや》の薄墨太夫だぜ。見なよ、あの白無垢の似合うこと」

「見たか、おれを見て笑ったぜ。決めた、嫁にする」

「だれが」

「おれが」

「だれを」

「薄墨太夫をよ」

「小便長屋のしじみ売りの三公《さんこう》が太夫を嫁にできるか」

賑《にぎ》やかに掛け合う見物衆の前を薄墨太夫が通り過ぎていくと、虚脱の風が舞った。

「あとは松葉屋《まつばや》の香瀬川《こうせがわ》太夫だな」

当代の吉原を二分する人気花魁が薄墨と香瀬川のふたりだった。

「なんでもよ、香瀬川の道中にはあっと言わせる新趣向があるそうだぜ」

「新趣向たあ、なんだ」

「だからさ、吉《きち》さん、そのときまで待ってくんなましという文をもらってら」

「嘘も休み休み言いやがれ」

「それにしても遅いな」

「松葉屋に催促《さいそく》に行くかえ」

「なんてってさ」

「おれの花魁、早く出してくれってさ」

「冬場の幽霊じゃねえや、そんな催促できるかえ」

幹次郎も待ったが、香瀬川の一行は来る気配がない。

見物の輪を離れると幹次郎は江戸町二丁目筋に回って、格子《こうし》の中で女たちが張《はり》見世《みせ》をする光景を見るともなく覗いて歩いた。

張見世の中の女郎衆も今日だけは白無垢姿で初々《ういうい》しい。

「そこ行く勤番さん、上がっておくれな」

幹次郎を勤番侍と間違えて声をかけてくる女郎もいた。

吉原の四郎兵衛会所との関わりはあるがあくまで陰の存在、ほとんどの女たちは幹次郎のことを知らなかった。

夕暮れ前だというのに二階からはすでに上がった客たちの宴《えん》の賑わいが下の通

りに流れてきた。

「神守様」

仲之町まで戻ったとき、幹次郎は名を呼ばれた。

会所の長吉だった。

「四郎兵衛様がちょいとご足労をと……」

幹次郎は黙って頷《うなず》く。

長吉も無駄口は利かずに案内に立った。

訪ねた先は江戸町一丁目の松葉屋だ。

大籬には灯りが煌々《こうこう》と点《とも》り、張見世で遊女たちが客を待っていた。だが、見世全体に重い空気がのし掛かっているようで沈鬱《ちんうつ》たる様子があった。

長吉は表を素通りすると裏口に向かう路地に幹次郎を導き入れ、すいすいと薄暗い路地を奥へ入っていった。

吉原の中にはこんな路地が迷路のように張り巡らされていた。

客たちも知らない迷路を行くと、ふいに小さな空き地や稲荷社《いなりしゃ》に出る。

長吉たちはなにかあるとこの迷路を利用して、探索に走り回った。

「こちらで」

裏戸を引き開けた長吉は台所に佇《たたず》む男衆《おとこし》に目顔で挨拶すると、

「どうぞ、お上がりになってくだせえ」

と幹次郎を松葉屋の帳場《ちょうば》に連れていき、廊下に控えた。

「四郎兵衛様、神守様を案内してきました」

「おお、来られたか」

長吉が姿を消して、幹次郎は松葉屋の主の居間兼帳場に入った。

大きな神棚には灯明《とうみょう》が上がり、長火鉢を囲んで四郎兵衛と松葉屋の主夫婦の丹右衛門《たんえもん》とかつがいた。

夫婦の顔には生気がなく、目もどこか空《うつ》ろだった。

「神守様には後でな、相談申し上げようと考えていたが、予期せぬ事態が生じましたのでな、こちらまでお越し願いました」

「香瀬川太夫の身になんぞ異変が生じましたか」

「よう分かられましたな」

「いえ、香瀬川太夫の行列が未《いま》だ楼を出られぬ様子なので、そう思ったまで」

「起こりました」

と答えた四郎兵衛が重い溜息をひとつ吐《つ》いた。

「香瀬川の姿が消えました」

「消えたとはどういうことで」

「まるで霞《かすみ》か雲か、かき消えましてございますよ」

幹次郎は冗談かと四郎兵衛の顔を見返した。だが、四郎兵衛の顔には険《けわ》しい表情が漂って、嘘や冗談でないことを物語っていた。

「いつのことにございますか」

「今からおよそ一刻《いっとき》(二時間)前のことで」

四郎兵衛が会所から呼び出された刻限だった。

「むろん見世じゅうを捜《さが》されたのでございましょうな」

「太夫の部屋に始まり、あらゆるところを捜しました。紋日の客も上がっておりますれば調べがつかないところもあるにはあります。だが、まず見世にはいないと思えます」

四郎兵衛は断言した。

つまりは長吉ら会所の若い衆が楼内をくまなく調べ回ったということだ。

「これまで香瀬川太夫に怪しげな振る舞いは……」

ないない、と苛立《いらだ》つように答えたのは丹右衛門だ。

「私どもは大事な花魁に虫がつかぬよう注意深く見てきた。それがふいに消えた。まるで神隠しに遭ったようだ」

丹右衛門の言葉にはまだ衝撃があった。

「むろん廓内にも大門にも、いつも以上の見張りを立ててあります。それにしても……」

四郎兵衛の説明にも不思議だという驚きがあった。

「見てくれますか」

ふいに四郎兵衛が幹次郎に言った。

頷いた幹次郎は大小を外すと帳場に置いた。

吉原は大門を刀を差して通れたが、その後遊女の部屋に通る前、階下の帳場に預ける仕来たりがあったからだ。

「こちらへ」

案内に立った長吉に従って、幹次郎は松葉屋の大階段を上がった。

部屋から遊女と客のざわめきが伝わってきた。

表通りに面した一角が花魁の香瀬川太夫の部屋だった。香瀬川は松葉屋の出世頭、次の間、寝間《ねま》付きの広い座敷だ。

そこにぽつねんと遣手がひとりいた。

「ああ、長吉さん」

遣手はそう言うと、幹次郎を視点の定まらない目で見た。

「神守様、太夫は道中を目前にして白無垢の小袖に着替えをするために寝間に入りましたそうで。いつもなら番新《ばんしん》と振新《ふりしん》がつきます」

番新とは番頭新造《ばんとうしんぞう》のことで、年季が明けても妓楼《ぎろう》で働く年増《としま》の世話役のことだ。

振新は振袖《ふりそで》新造のことで、見習い遊女の身、客は取ったり取らなかったりした。

「ところが今日にかぎって、太夫は、わちき独《ひと》りになりとうござんすと寝間に入ったそうなので……」

「事情があってのことか」

「今日の客は三千四百石の寄合《よりあい》席のさる旗本《はたもと》でしてな、紋日の今宵も香瀬川と一夜をともにしたいという客なんで。茶屋からの知らせに太夫は嫌な顔をしていたそうです。そこでね、番新たちも気持ちの整理をつけたいのだろうと独りにしたということなんで……」

寄合とは三千石以上の高禄《こうろく》で非役《ひやく》の者のことだ。

黙って聞いていた遣手がふいに口を挟んだ。

「待てど暮らせど寝間の襖《ふすま》は開かない。それでさ、花魁、入るよって声をかけて入った寝間はもぬけの殻《から》、どこにも花魁の姿がないじゃないか。茶屋からは客の高濱朱里《たかはましゅり》の殿様がかんかんに怒って帰られたとか、えらい騒ぎで……」

寄合旗本の客は、高濱朱里というらしい。

長吉が座敷から寝間に幹次郎を案内した。

十畳間の真ん中に白の夜具《やぐ》が敷いてあった。その四隅はぴったりと部屋の真ん中に合わせられ、皺《しわ》ひとつない。

吉原の心意気だ。

部屋の片隅には純白の小袖や打掛が衣紋掛けに飾られてあった。

どう見ても袖を通した跡はない。

寝間は座敷に通じる他、廊下にも出られた。

その廊下の端には香瀬川と客だけが使える厠《かわや》があった。だが、座敷にも廊下にも番新や遣手や禿が待機していて、どこかへ姿を見られずに行くことはとてもできなかった。

床の間には琴が立て掛けてあった。

十畳間とはいえ、隠れ潜《ひそ》む場所などない。

「香瀬川太夫の恰好はどんな風だ」

「花魁はふだんから地味な形《なり》の人でしてね、皆がぞろりとした小袖を着ている朝の間もまるでお店《たな》の若女房のようなきりりとした姿でしたよ。さっきも絹物は絹物だが、何度か水を潜《くぐ》った白っぽい紬《つむぎ》を着てました」

「金はどうか」

「部屋に二十数両の金があったはずだというんですが、それがどこにもないんで」

遣手に代わって長吉が答えた。

幹次郎はしばらく思案した末に、

「仲之町の通りで素見たちが話すのを耳にした。本日の香瀬川太夫の道中には新趣向があったというが、何かな」

と長吉へとも遣手へともつかずに訊いた。

「ああ、それですかえ。三浦屋の薄墨太夫に対抗してね、こちらでは供《とも》の男衆から禿、振新、番新全員が白無垢で道中をするはずだったそうなんで」

「それは壮観であったろうな」

「花魁も楽しみにしておりましたよ。それがこんなことに……」

遣手が嘆《なげ》き、長吉が、

「おうたさん、ちょいとふたりにしてくんな」

と遣手を部屋から下げさせた。

幹次郎は天井を見上げた。

「調べました。だが、鼠《ねずみ》の跡しかねえ」

「あとは廊下に出て厠だが」

「禿たちの隙《すき》を見て、厠までは通れます」

長吉は廊下から厠に案内した。

二畳ほどの手洗い場の奥に厠があった。

窓はなく、扉口の他、三方を朱《しゅ》の塗り壁が取り巻いていた。

漆《うるし》塗りの便器の下には砂が敷いてあって、糞壷が地上に通じているわけではない。使用されるたびに男衆が一階の隠し階段を上がって、清掃するのだという。吉原の太夫ともなると大名家並の扱いだった。

花魁となれば一夜にして千両万両の世界になる。

「用を足した風はありません。禿たちも花魁は廊下に出ていないと抗弁してますんで」

ふたりはまた寝間に戻った。

「長吉、どう思う」

「どう思うとは、神守様、太夫が足抜《あしぬき》をしたということですかえ」

幹次郎は頷いた。

「吉原で足抜がないわけじゃありません。ですが、花魁が足抜するのはわっしの知るかぎりございません」

遊女三千人の頂点に位する花魁には、旗本・大名を袖にするくらいの気概と見識があった。それが自ら足抜したとしたら……吉原の、松葉屋の衝撃は察するに余りあった。

「だが、太夫が承知していないかぎり、どこぞに連れ出すのは難しいぞ」

長吉が今度は頷き返した。

「それと仲間がいるな」

「へえ」

長吉の返答は確信に満ちていた。

幹次郎はしばらく考えた後、視線を夜具に落とした。

「太夫がいなくなってから布団を上げたか」

いえ、というのが長吉の答えだった。

太夫の寝所にはつねに夜具が敷きのべられている。吉原なら当たり前のことだ。

幹次郎は広座敷へ繋《つな》がる襖を閉じた。

長吉が黙って夜具の端を摑んだ。

幹次郎が頭のほうを摑み、ずらした。

夜具の下から京間寸法の畳が現われた。

縦の寸法が六尺三寸（約百九十一センチ）と江戸間より五寸（約十五センチ）ほど長かった。

ふたりは畳に這《は》って、繋ぎ目を調べた。

わずかに畳を引き上げた痕跡が残っていた。

長吉が懐から小刀を抜くと切っ先を畳の縁《へり》に突っ込んで上げた。下に敷かれた紙がねじれていた。床板もずれている。

「糞《くそ》っ！」

長吉が小さな罵《ののし》り声を上げた。

板をずらすと、顔を幹次郎に向け、

「ちょいと待っていておくんなさい」

言い残すと二階の天井との間にある高さ二尺（約六十一センチ）ほどの空間に姿を没した。

どれほどの時が流れたか、ふいに着物が突き出された。それは白っぽい紬織りの小袖で、香瀬川太夫が着ていたものだろう。

（天井裏で着替えて逃げた）

ということは計画的な足抜ということになろう。

四郎兵衛会所にとって恥辱的《ちじょくてき》な事件であり、吉原の掟《おきて》では見逃せない所業だった。

「なんてこった！」

寝間に戻ってきた長吉は、

「神守様のおかげで神隠しの仕掛けだけは分かりましたぜ。そいつを頭取に説明する前に……」

と言うと、畳を元通りに直し、夜具も敷き直した。

四隅にまで気を配るところは吉原者でないとできなかった。

「よしと……」

長吉は紬を丸めて、懐に入れた。腹がぷっくりと膨らんだ。

裏階段から階下の台所に下りた長吉はそこにいた飯炊《めし》きに、

「履物を二足貸してくんな」

と頼み、歯がちびた下駄を持ってこさせた。

ふたりは裏口から路地に出た。

迷路のような路地が通りへと続いている。

長吉が案内したのはその途中の松葉屋の東側の壁だ。

「見てくだせえ。二階の下に空気抜きの穴がござんしょ、むろん穴にも鉄格子《てつごうし》が嵌《は》められているんだが、格子が外れるように緩《ゆる》められていました」

長吉は壁についたわずかな傷を指した。

穴からぶら下がって下りるときに付いた傷だ。

「さてここからどこへ消えやがったか」

路地は表通りへと、裏奥へと続く二筋があった。

「神守様、香瀬川はなにに着替えたと思います」

長吉が訊いた。

「それは白無垢だな。今日ばかりは白無垢の女だらけだ」

「そうでございましょうね」

表通りを見た長吉は、

「やっぱり裏だ」

と迷路の奥へと入り込んでいった。

幹次郎は腰に大小のないことに頼りなさを感じながら従った。

路地を右に左に折れ曲がった。

そしてふいに小さな池に出た。

三

水溜まりというには大きい。池と呼ぶにはおこがましい。折りから八朔の月を映した水面《みなも》を芒《すすき》が囲んで、なんとも風情《ふぜい》があった。

長吉はその池のほとりでしばらく佇んで考えた。

吉原の一角にこんな池があったなんて、幹次郎は想像もしなかった。

ぽっかりとした空間は揚屋町《あげやまち》と仲之町の大通りと江戸町一丁目に挟まれた一角にあり、ぐるりを楼や茶屋が取り囲んでいた。

「湧き水が湧いてましてね、天女池《てんにょいけ》と呼ばれてきました。女郎衆が勘違いしねえように深さは脛《すね》くらいまでしかありやせん」

初月《はつづき》が雲の陰に消えると茶屋の灯りが水面に映った。

そんな水面に幹次郎は白い影を見たような気がした。

八朔の　白影残し　遊女《おんな》消え

幹次郎の頭に下手な句が浮かんだ。すべて汀女の手解《てほど》きだが、一向に上手になる気配はない。

汀女は、

「幹どのの句は素直が取り柄《え》、それでようございます」

と言ってくれる。

そんな思いを幹次郎は振り払った。

「神守様がおっしゃるようにだれぞの手引きがいる。吉原をよく知る者のだ。おれたちが知っているどこかの楼や引手茶屋の者かもしれねえ」

長吉はそう言うと、

「こいつはおびき出すのに時間《とき》がかかりそうだ。四郎兵衛様のお指図《さしず》を仰《あお》ぎましようかえ」

と幹次郎を促《うなが》した。

四半刻《しはんとき》（三十分）後、四郎兵衛会所の奥座敷で幹次郎は四郎兵衛と向き合っていた。

ふたりの間に茶だけが供され、紬の小袖が置かれていた。

「えらいことが起こりました。これまで太夫の足抜なんぞは見たことも聞いたこともございません」

「香瀬川太夫は吉原の外に出たと思われますか」

「神守様のおかげで松葉屋からの逃げ道ははっきりした。ですが、この吉原は大門以外に抜ける穴はない砦《とりで》にございます。これを抜けられたとしたら、われらの立つ瀬がない」

四郎兵衛はそう言うと茶を口に含んだ。

「神守様、そなたを本日お呼びしたのは白無垢道中を見物してもらうためと相談事があってのこと、まさかかような仕儀《しぎ》になるとは考えもしませんでしたよ」

「四郎兵衛様、相談事とは、本日の騒ぎと関わりがございますか」

四郎兵衛は大きく頷き、

「くれぐれも極秘に願います」

と念を押した。

「女郎が忽然《こつぜん》と姿を消したのは続いておることなのです」

「なんと申されましたな」

幹次郎は予想もしないことで驚いた。

「最初は三月《みつき》前、磐城楼《いわきろう》の市川《いちかわ》という若い女郎が消えました。二度目はひと月半前、羽違屋《はちがいや》の春駒《はるこま》です。ふたりして今もって行方《ゆきがた》知れずだ」

行灯《あんどん》の火が揺らぎ、灯りが一瞬暗くなった。

四郎兵衛が急に老いたように見えた。

「会所でも必死に行方を追いました。雲か霞か、かき消えた。死体すらも見つからない。楼主たちには神隠しということで、納得はさせてあります。だがね、神守様、神隠しなんてもんじゃございません。こたびの一件でそれがはっきりした
……」

四郎兵衛は紬をぎゅっと摑むと、

「着替えをして姿を消す神隠しなんぞがあるものか」

と吐き捨てた。

「四郎兵衛様、香瀬川太夫はどういう人柄でしたか」

「そりゃ、三浦屋の薄墨と張り合うほどの花魁だ。見目麗《みめうるわ》しいことは言うまでもないが、賢《かしこ》い女です。しかし、気性はなかなかきついところがございました。いったんこうと思ったらてこでも動きません。ですが、吉原というところはいくら稼ぎ頭の花魁といえどもままならないことがある。まずは身請《みう》けでもされないかぎり、生涯二万余坪の廓内で過ごすことになる籠《かご》の鳥です。また、廓法という仕来たりがあって、香瀬川の考え通りにいかないこともございましたろう。数年前までは香瀬川はそれにたて突いて感情をあらわにしていたようですが、最近は余裕が見えて、人間に丸みが出てきたように感じておりました。その矢先にこれだ」

仙右衛門が顔を出した。

「神守様、今晩はそなた様と相談しながら酒でも呑もうと考えていましたが、そうもいかなくなった。松葉屋で楼主が集まって、鳩首会議《きゅうしゅ》です」

と苦笑いしながら腰を浮かしかけた四郎兵衛が、

「あなたが好きなように、この事件、調べてみませんか」

と言い出した。

「よろしいので」

「私がいなければ、仙右衛門や長吉になんでも申しつけてください」

幹次郎は頷いた。

「明日になれば松葉屋丹右衛門様も落ち着かれましょう。さすれば香瀬川の近しい者たちから話も聞けます」

表口から出る四郎兵衛と仙右衛門を見送り、幹次郎は裏口に向かった。するとそこに角樽《つのだる》と折詰《おりづめ》の包みを提《さ》げた長吉が待っていた。

「四郎兵衛様からの手土産《てみやげ》にございます」

四郎兵衛は招きを反故《ほご》にしたことを気にして酒と料理を土産に用意していた。

「それは恐縮な」

「そこまでお供させてくだせえ」

長吉は路地に出た。

表の通りは紋日の賑わいが続いていた。

大門はいつも以上に険しい監視が会所の男衆たちによって続けられていた。

「神守様、ご苦労にございます」

「兄《あに》い、行ってらっしゃい」

長吉の下の若い衆らが小声で声をかけてきた。

幹次郎は吉原に世話になって、独りではないことを感じさせられた。

(頭《かしら》がいて、仲間がいる)

心強いことだった。

五十間道に出たが、まだまだ男たちが押し寄せるように大門に向かって急ぎ足で下りてくる。

「長吉、三月前にも磐城楼の女郎が姿を消したそうだな」

「へえ、香瀬川太夫で三件目なんで」

「そなたらは必死の探索を続けてきたろう」

長吉が頷いた。

「磐城楼の市川って女は、ちょいと風変わりなところがありましてな、陰で狐《きつね》憑《つ》きだとか朋輩に呼ばれているような女なんで。磐城楼は吉原《なか》でも中堅の妓楼、市川は十七で張見世に座るようになって三年でお職《しょく》、稼ぎ頭にまで登りつめました。年季がまだ七年とたっぷり残ってますし、磐城楼ではこれからと考えていた矢先だ。いなくなった当初はわっしらも必死で捜したが、なんせ手がかりがねえ。そこで市川の普段がふだん、神隠しにあったんだろってことで決着をつけたんで……」

江戸期、神隠しの存在は信じられていた。理解できないことが起こると神隠しということで落着させて、後々まで騒ぎを引っ張らないようにした。

ふたりは日本堤、土手八丁に出た。

遠くからぶら提灯の灯りが揺れて、駕籠が凄《すご》い勢いで飛んでくる。誘いの文をもらったお店《たな》の番頭かなにかが馴染の遊女のところに走る姿だった。

あっという間に駕籠はふたりの傍《かたわ》らを通り過ぎていった。

「次の羽違屋の春駒が姿を消したとき、四郎兵衛様もわっしらもこれは大変なことが起こったと磐城楼の一件以上にしゃかりきになって調べました。春駒は十五で吉原に来て、次の年から見世に座るようになった。姿を消したときが十九でした。こちらもちょっと陰があるような寂しさが客をくすぐりましてね、上客がついていた。まあ、稼ぎ頭だ。今からひと月半ばかり前、七つ（午前四時）時分に客が引手茶屋に戻り、春駒はようやく独りで寝についた……」

後朝《きぬぎぬ》の　あとは身になる　一《ひ》と寝入り

後朝の別れのあとの眠りが女郎衆の安息のときだ。

「そこで春駒は姿を消したか」

「へえ、今晩にも磐城楼と羽違屋に確かめてきますがね、夜具と畳の下に市川と春駒が抜けた跡が残っているかどうかかね」

「長吉、当然会所ではふたりの在所《ざいしょ》に目を光らせていような」

「へえ、市川は千住宿《せんじゅしゅく》外れの弥五郎新田《やごろうしんでん》の出でしてね、家には両親に弟妹が七人暮らしています。春駒は甲州道中《こうしゅうどうちゅう》の下谷保村《しもやほむら》の百姓の娘でしてね、馬方《うまかた》の父親が亡くなって、苦界《くがい》に身を落としたんで。どちらにも時折り会所から出張っていますがね、戻った様子はありません」

幹次郎と長吉の足が止まった。

土手八丁を下ると浅草田町、汀女が待つ長屋はすぐそこだ。

「長吉、明朝、会所で会いたい」

「へえ、四郎兵衛様から神守様に従えと命じられています」

幹次郎は長吉から角樽と折詰の包みを受け取った。

「神守様とまた働けるなんてうれしゅうございますよ」

そう言った長吉が土手八丁を吉原に引き返していった。

土手を下る幹次郎はひんやりした監視の眼を首の辺りに感じた。

妻仇討の相手はことごとく倒していた。

もはや豊後岡藩から追っ手はかかりませぬと、事情を知る四郎兵衛も請け合っていた。

(だれか……)

どこぞに連れ出すかと考えたがやめた。

左兵衛長屋の木戸を潜った。

菊の香りが長屋じゅうに漂っていた。汀女ともうひとりの住人、浅草寺《せんそうじ》門前で提灯屋を開く精平《せいべい》の丹精込めた菊が競い合う香りだ。

二階長屋で灯りが点っているのは幹次郎のところだけだった。

「ただ今、戻った」

居間で針仕事をしていた汀女が、

「お戻りなさいませ」

と立ち上がってきて、幹次郎の提げた角樽と折詰の包みを見た。

「四郎兵衛様の気遣いでな」

ふたつの土産を汀女に渡した。

「吉乃屋《よしのや》の三段重にございますな。話には聞いておりましたが……」

おやという顔で汀女が幹次郎を見た。

「酒の匂いがいたしませぬな」

「酒どころかめし粒ひとつ口にしておらぬ」

居間に通って大小を外した幹次郎が苦笑いした。

「大変なことが起こってな、四郎兵衛様もてんてこまいじゃ」

幹次郎が説明すると、

「なんとそれは……」

と言葉を詰まらせた姉さん女房が、

「お茶漬けくらいしかできませぬが、今仕度を」

と言い出した。

「折詰弁当を開けようではないか。それに酒も呑みたい」

「おお、それは気がつかぬことで。まずは着替えをしなされ」

幹次郎がふだん着に着替えて火鉢の傍らに座ったとき、汀女は角樽の酒をちろりに移して、徳利《とつくり》に入れたところだった。

「吉乃屋様では今年の八朔に秋の味覚を散らした三段重を創案なさると聞いてい

ましたが思いがけなくいただくことになりました」

汀女が重の包みを解きながら呟く。

吉原では当初、各妓楼が料理人を置いて客に出す料理を作っていた。ところが中期に至って喜《き》の字《じ》屋と称する台屋《だいや》、料理専門店が店開きして味を競《きそ》ったので、妓楼は自前の料理を作ることをやめた。

そんな台屋の中でも吉乃屋は、味も一流なら値段も一流といわれた店だ。

「ほう」

「これは……」

一段目には鯛《たい》の焼き物、海老《えび》の鬼殻《おにがら》焼きなど焼き物が並び、二段目にはお造《つく》りに練り物に煮物、三段目は栗ごはんと、色取りも鮮やかであった。

「こんな馳走《ちそう》に箸をつけてよいのかのう」

「贅沢にございますな」

「四郎兵衛様の折角《せっかく》のご厚意だ、いただこう」

汀女が袖口で徳利を取り出し、

「幹どの、ひとつ」

「姉様もな」

と杯《はい》に注《つ》ぎ合った。

熱燗《あつかん》が空《す》きっ腹に染みた。

「美味《おい》しい酒じゃな」

「幹どの、人間万事塞翁《さいおう》が馬ですね。私どもがこのような暮らしを立てられようとは思いもしませんでした」

汀女の感想は正直なものだった。

妻仇と呼ばれて不安に怯《おび》える流浪の旅を続けてきたのだ。それが吉原に拾われて、静かな暮らしが立っていた。

「姉様、食べようではないか」

ふたりは吉乃屋の料理を食べながら、笑みを交わし合った。

「幹どの、私は吉原に通うようになって花魁の見識を知りました。遊女三千人の頂点に立つのが花魁にございますよ、それも三浦屋の薄墨太夫と松葉屋の香瀬川太夫は当代きっての女子《おなご》にございます。遊びとは申せ、旗本ばかりか大名諸侯にも頭を下げさせる勢いの香瀬川様はなぜ足抜などなされたか」

「未だその理由がな、判然とせぬ。そなたのところには顔を見せぬか」

「薄墨太夫は参られますが、香瀬川様は……」

わずか一杯の酒にほんのりと顔を染めた汀女が、

「幹どの、もし香瀬川様のことが知りたかったら、薄墨太夫に会われることですよ」

「ほう、薄墨太夫にな」

「太夫はなかなかの才人です、それによう気がつかれる」

と笑った汀女は、

「薄墨か香瀬川かと並び競われる仲、だれよりも相手の動静が気にかかるもの、お互いが相手のことを気にしておりますよ」

「四郎兵衛様に許しを得てみるか」

二合ばかりの酒と馳走に陶然《とうぜん》となった幹次郎は、ごろりとその場に横になった。

「あれあれこんなところで……」

姉様は二階から搔巻《かいまき》を持ってくると幹次郎の体の上に掛けた。


九つ半（午前一時）の刻限か、幹次郎は目を覚ました。

長屋の障子戸の向こうに殺気が漂っていた。

土手を下りるときに感じた監視の眼だ。

大小を有明行灯の薄い灯りで捜したが、汀女が二階に持って上がっていた。
(刀を取りに二階に上がるか)
汀女を起こすことになるなと幹次郎はしばし迷った末に掻巻を剝《は》ぎ、三和土に下りた。
心張棒《しんばりぼう》を外すと手にした。
三尺(約九十一センチ)余の樫《かし》の棒だ。
幹次郎は静かに戸を開いた。
すると今にも押し入ろうとした三つの影が凝然《ぎょうぜん》と立ち尽くした。
「長屋に入られたのでは迷惑、こちらから出向いて参った」
そう言いながら相手を観察した。
ふたりは浪人者、残るひとりは町人姿だ。
豊後岡藩からの討ち手ではない。
だが、浪人相手に心張棒では心もとないと思いながら、相手に声をかけた。
「長屋の方々の眠りを覚ましとうはない。外に出ようか」
幹次郎が敷居を跨《また》ぐと無言のうちに三人も木戸に向かった。
浅草田町は浅草寺領として山谷堀に沿って横に延びていた。寺との間には今戸《いまど》町《まち》などの入会地《いりあいち》が広がっている。

四人は無言のうちに入会地の畔《あぜ》に出た。

「それがしは神守幹次郎という浪人者だが、それを承知でのことか」

「おめえの名なんぞはどうでもいい。兄者《あにじゃ》の手首代、払ってもらうぜ」

迂闊《うかつ》にも幹次郎は、日本堤で手首を斬り落とした参吉とお銀ら掏摸一味のことをすっかり忘れていた。

長吉も、参吉には四蔵という双子の兄弟がいると言っていた。

「掏摸の仲間が仇《あだ》を討ちに参ったか、律義《りちぎ》なことよ」

幹次郎はまだ懐手の浪人者に視線を回した。

真剣を持っていない幹次郎に高《たか》を括《くく》った態度だ。

「熊野代五郎の恨みを果たす」

「あの者の仲間か、友思いだな」

幹次郎は心張棒を片手に持ってだらりと提げていたが、

「おぬしら、樫の棒と侮《あなど》らぬほうがよい。それがしの剣術修行は赤樫三尺三寸六分（約百二センチ）の棒を振るうことから始まった」

「木剣《ぼっけん》修行などだれもがやることじゃ」

ようやく懐から手を抜いた浪人が剣を抜き、八双《はっそう》に立てた。
今ひとりは柄に手を置いて腰を沈めた。
居合を得意とする者か。
「参る」
幹次郎が心張棒を両手に持ち替え、上段《じょうだん》に移行したのを見た町人姿の四蔵が
匕首を抜き、逆手《さかて》に構えた。
双子の兄弟と同じく凶悪な形相《ぎょうそう》だが、構えが異なった。
幹次郎は三者三様の構えを等分に見ながら、息を吸い、止めた。
肚《はら》に力を溜める。
きえっ！
肚の底から絞り出された声は怪鳥《けちょう》の鳴き声にも似て、夜空を慄《ふるわ》した。
幹次郎が走った、跳《と》んだ。
上段に構えた棒を自らの背を打つほどに振りかぶり、今度はその反動で大きく
鋭い円弧を描くと、居合の構えに入っていた浪人の肩口を襲った。
相手の浪人が想像もしなかった俊敏迅速な動きであった。
腰を引きつつ、浪人が剣を抜いた。

が、心張棒が肩の骨を砕いて体を地面に押し潰していた。

悲鳴を上げる暇も与えなかった。

幹次郎は走り抜けると反転し、ふたたび心張棒を振り上げて、

「おのれ！」

と八双の剣を幹次郎の眉間《みけん》に叩きつけてきたもうひとりの浪人者の肩を同じように襲った。

ふたりの斬撃の速さがまるで違った。

薩摩示現流の愚直とも思える修行に耐えた幹次郎の棒は相手の剣の何倍も速く、鋭く肩を砕いた。

幹次郎の視界に匕首を逆手に持って体を丸めた四蔵が飛び込んできた。避ける暇はない。

幹次郎は振り下ろした心張棒を引きつけると、眼志流の小早川彦内直伝の浪返しを使った。

匕首の切っ先を顔に感じたとき、心張棒が四蔵の脇腹を強打して転がしていた。

三人が一瞬のうちに地面に転がり、呻《うめ》いていた。

「そなたら、もはや悪さはできまい」

幹次郎はそう言い残すと長屋に戻った。

朝六つ半（午前七時）に神守幹次郎は吉原大門を潜った。

大門は引け四つ（午前零時）に閉じられ、明け六つ（午前六時）には開けられた。

吉原はどこも深い眠りに就いていた。

ただ一か所、会所の表戸から若い衆が顔を覗かせていた。そして、幹次郎に小さく会釈した。

幹次郎はいつものように江戸町一丁目の路地から会所の裏口に入った。するとそこに長吉がすでにいた。先ほどの若い衆に起こされた様子だ。

「なにかございましたか」

幹次郎は別れ際《ぎわ》、朝、会所で会おうとは言ったが、余りにも刻限が早い。それを長吉は訝《いぶか》ったのだ。

「昨夜、掏摸の仲間が仕返しに参った」

長吉の眉がぴくりと動いたが、黙っていた。

「浪人者がふたりに四蔵という町人だ」

「参吉の弟でございますね」

「入会地に誘い、心張棒で叩き伏せた。朝になって、四郎兵衛様が頭分がいて、掏摸一味を操っておると言われたのを思い出した。ならば、会所に届けておいたほうがよいかと思いついてな」

長吉は頷くと先ほどの若い衆に、

「保造《やすぞう》と宮松《みやまつ》を起こせ」

と命じた。

「わっしらがちょいと入会地を見て参りましょう。町方の手が入っているようなら、そちらにも手を回します」

長吉はしばらく待ってくださいと幹次郎を会所の座敷に上げた。

長吉たちが浅草田町と浅草寺領の間の入会地に走った。

四

幹次郎は若い衆が淹《い》れてくれた茶を飲みながら、小さな庭を眺めていた。

吉原は昼と夜、別々の貌《かお》を見せてくれる。

今は夜と朝の谷間にあって、静寂の時がただ流れていた。

「おや、おいででしたか」

どれほど時が過ぎたか、四郎兵衛が顔を覗かせた。

考えればどこに四郎兵衛が住まいしているのか、身内がいるのかどうかも幹次郎は知らなかった。

「こんな刻限にお見えになるにはわけがありそうじゃ。どうです、風呂をご一緒して聞かせてくれませんかな」

「風呂ですか」

吉原にも湯屋はあるが、幹次郎はまだそれを知らなかった。楼外に行く気かと幹次郎は四郎兵衛を見た。

「楼や茶屋には湯屋ほどの大きさの風呂が備えられておりますのじゃ、女郎衆が起きてくる前に入るのは老人の特権でな。お供しなされ」

幹次郎は頷くと立ち上がった。

四郎兵衛は裏口から路地を伝って七軒茶屋《しちけんぢやや》山口巴屋《やまぐちともえや》の裏口を訪れ、戸を叩いた。

中から戸が開けられると老爺《ろうや》が、

「四郎兵衛様、よい湯加減にございますぞ」

と迎え入れた。

仲之町の会所の隣には七軒の引手茶屋が並んでいた。俗に七軒茶屋といわれ、廓内九十余軒の茶屋の中でも格式の高い茶屋であった。

大籬の花魁を呼べるのもこの七軒茶屋だけである。

そんな七軒茶屋でも筆頭と言われたのがこの山口巴屋だ。

四郎兵衛は幹次郎を山口巴屋の裏庭から勝手口に連れていった。するとそこにいた女たちが、

「旦那様、お帰りなさいませ」

と口を揃えた。

「客人じゃが気兼ねはいらん。ふたり分の風呂の仕度をな」

女衆頭《おんなしがしら》が頷いた。

(まさか、四郎兵衛様が山口巴屋の主……)

表から見てどこも眠っているような吉原でも、すでに起きて動いているところがあった。

引手茶屋から登楼した客たちは朝、茶屋からの迎えを七つ時分に受ける。後朝《きぬぎぬ》

の別れのあと、茶屋に戻って帰り仕度をするのだ。

なお、外泊のできない大名家の家臣たちは昼遊びをした。夜泊まるのは町人たちだ。それも茶屋から上がるのは店の主や番頭たち、仕事の始まりの刻限までには店に戻っていなければならない人々であった。そんな客を応対する茶屋の朝は早かった。

脱衣場は十二畳ほどもあった。ざくろ口を備えた立派な造りだ。

「朝風呂がなによりの楽しみでしてな」

たっぷりした湯が檜《ひのき》の湯船からこぼれ落ちていた。四郎兵衛と幹次郎はふたりだけで広い湯船に身を浸《ひた》した。

「なんとも贅沢にございますな」

「そう、贅沢です」

湯気に火照《ほて》った顔が幹次郎に向けられた。

幹次郎は、昨夜起こった出来事を伝えた。

「あやつどもがさような悪さを考えましたか」

四郎兵衛は両手でつるりと顔を拭《ぬぐ》い、

「吉原の外での掏摸でございますからな、これまでも町方に取り締まりをお願いしてきたのですが、埒《らち》があきません。それに懐を狙われるのはうちに来る客ばかりだ。どうやら本腰を入れて、掏摸の頭分を捕まえますかな」

と吉原の七代目の「町奉行」が呟いた。

幹次郎は話題を変えた。

「四郎兵衛様、香瀬川太夫の一件ですが、薄墨太夫に話を聞くわけには参りませぬか」

老人が顔を幹次郎に向けた。

「いえ、私の発案ではありませぬ」

汀女の考えだと説明した。

「さすがに汀女様だ、女の気持ちをようご存じだ」

と笑った四郎兵衛が、

「今日にもな、三浦屋に許しを願ってみましょう」

と請け合ってくれた。

風呂から上がったふたりに朝餉《あさげ》の膳が用意されていた。

幹次郎は朝は抜いて、長屋を出ていた。

膳には鯖《さば》の一夜干しと大根おろしに白子《しらす》、茄子《なす》の漬物などが並び、浅蜊《あさり》の味噌汁と炊き立てのめしからは湯気が立っていた。

「馳走になります」

「神守様はお若い、存分に食べなされ」

幹次郎は女たちの給仕《きゆうじ》を受けて三杯めしを食べた。

「お父《とつ》つぁん、おはようございます」

と帳場に姿を見せたのは、山口巴屋を切り盛りする女将《おかみ》の玉藻《たまも》だった。

幹次郎は七軒茶屋一の女将の顔を遠くから見たことはあった。が、このように近くで接したことはなかった。

やはり四郎兵衛はこの茶屋の主であるのだ。そして玉藻と親子とは意外なことであった。

「汀女先生のご亭主どのとはそなた、初めてか」

四郎兵衛が引き合わせた。

「道理で汀女先生がのろけられるわけです」

玉藻が真面目な顔で幹次郎を見た。どうやら玉藻は汀女を知っているようだった。

役ですよ」

「はい、最初、汀女先生に文の代筆を何度かお願い致しておりました。近ごろでは私の字の手習いをしていただいております。それに私には掛け替えのない相談役ですよ」

幹次郎は頷いた。

「これを機会にお遊びにお出でなされ」

「ご冗談を申されるな。未だ吉原の大門を潜るたびにそれがしは落ち着きませぬ。茶屋遊びなんてとんでもない。裏口からの会所通いが相応です」

玉藻が笑った。

「ならば今後もお父つぁんと一緒に裏口から参られますか」

美形とは趣《おもむき》が違ったが、若いながら凜然とした気配を漂わせていた。品格のある顔立ちは引手茶屋の女主の気概が造り出したものか。

「はい、そうします」

「冗談ですよ、神守様」

と言った玉藻は四郎兵衛に視線を向けた。

「お父つぁん、汀女先生と一緒に、お遊びにお誘いしてくださいな」

「時をみてそうしようか」

四郎兵衛と幹次郎は台所の奥の廊下から四郎兵衛の座敷に繋がる隠し戸を通って、会所に戻った。

すると若い衆を束ねる長吉が奥座敷の廊下で四郎兵衛を待っていた。

番方と呼ばれる番頭格の仙右衛門も座敷の端に控えていた。

「入会地の三人はどうしたな」

四郎兵衛が訊く。

「どうやら自力で逃げた様子にございます」

「神守様、騒ぎのすぐ後に知らせてくれるとな、頭分のところまで辿《たど》れました。これからは気兼ねはいりませせぬ、深夜だろうと夜明けだろうと会所に知らせなされ」

四郎兵衛が幹次郎の迂闊《うかつ》をたしなめた。

「これは気がつきませんでした」

四郎兵衛の視線が長吉に戻ると報告が再開された。

「土手八丁で捕まえたお銀らの調べがどうなっているか、町方に探りを入れてみました……」

幹次郎が手首を斬り落とした参吉、お銀、熊野代五郎の三名は、吉原の面番所の隠密廻り同心の手で大番屋《おおばんや》に送られていた。

「参吉と熊野の二名は伝馬町の牢屋敷に移って医師にかかっておりまして、まだ調べがついておりません。お銀はのらりくらりと、三人で掏摸を繰り返してきたと言い逃れているようでございます」

「仙右衛門、廓外のことこれまで放置してきたのが間違いでした。狙われるのは吉原に来る客の懐ばかりだ。いつまでもこのままにしておくと客足にも響きます」

番方が頷いた。

「神守様が叩き伏せたという三人もどこぞの医師にかかっておろう。塒《ねぐら》もそう遠いところではあるまい。そこいら辺りから調べてくれ」

番方が畏《かしこ》まって、掏摸一味の探索の命を四郎兵衛から受けた。

「長吉、そなたは神守様と太夫らの行方を追え」

「へえ。磐城楼と羽違屋の消えた遊女、市川と春駒の部屋を確かめやしたら、松葉屋の香瀬川太夫の夜具の下にあったのと同じ抜け跡がありやした。その先、どこに消えたか、松葉屋から探ってみやす」

幹次郎と長吉が頷いて、二組の探索方は揃って会所を出た。

江戸町一丁目にのどかな秋の日が落ちていた。

昨日までと異なり、どこか春を思わせる日差しだった。

四つ（午前十時）前、ようやく女郎衆が起きてくる刻限だ。

「松葉屋を訪ねるにはまだ早い。どうなさいますか」

仙右衛門たちが先行するのを見送りながら訊く長吉に、幹次郎は答えていた。

「長吉、吉原の塀の外がどのようになっているものか見てみたい」

ふたりは吉原の住人にとってただひとつの出入り口、大門に向かった。

吉原は京間縦百三十五間、横百八十間、実坪数二万七百六十七坪、その北東に大門口があった。

大門を出たふたりは江戸町一丁目の外側を幅五間（約九メートル）の鉄漿溝《おはぐろどぶ》に沿ってまず北西へと歩いた。どぶの向こうは忍び返しをつけた高い黒板塀が巡らされて廓内は覗けない。火事の際に廓外へ逃れる跳ね橋が立てられて、その頭部だけが見えた。

「跳ね橋が役に立ったことはないんで……」

幹次郎の視線の先に目を留めた長吉が言った。

「面番所の手前、かたちばかりあんなものを造ってございますが、鉄漿溝の真ん中ほどにも跳ね橋は届きませんや。どこも女郎が逃げ出すのを嫌ってのことなんで。年に一度、鷲《おおとり》神社の酉《とり》の市《いち》にだけ開かれる裏門がありやすが、そこの跳ね橋はふだんは取り払ってありやすから、裏門からの出入りもできやせん」

長吉は跳ね橋を利用して香瀬川らが外に出られることはないと言っていた。

またところどころに吉原から流れ出る排水溝があったが、せいぜい鼠が通るほどの大きさだ。むろんどこにも鉄の格子が嵌め込まれていた。

ふたりはおよそ九十間（約百六十四メートル）先で南西に方向を転じた。

吉原の内側の四隅にはどこも稲荷社があった。

榎本《えのもと》、開運《かいうん》、九郎助《くろすけ》、明石《あかし》稲荷の各社だ。

ふたりの歩く内側には榎本稲荷の社があるはずだが見えない。

どぶが幅を増していた。

ふたりの右手は花川戸《はなかわど》町《ちょう》や三ノ輪《みのわ》村《むら》の畑作地や入会地に変わり、枯れた葦《あし》を刈っている百姓の姿があった。畑や林の間に作業小屋が点在していた。

竜泉寺村《りゅうせんじむら》にかかって天宝院が見えたところで、ふたたび直角に南東に方向を転じた。

大門の真裏に当たる付近に火の見の櫓《やぐら》が覗いた。

この下には、下水溝が切り込んであった。

吉原の排水の大半が流れ出る大きな溝だが、ここにも鉄格子が何重にも嵌められていた。

「おれたちが入って調べました。鉄格子はどれもびくともしてません。大力の者でも簡単に取り外しできるもんじゃねえですな」

ふたたび歩き出したふたりの行く手に吉原と同じような黒板塀に囲まれた一角が出現した。

非人頭車善七《くるまぜんしち》の支配する溜《ため》で、京間間口二十間、奥行四十五間、千余坪の広さがあった。

もとは日本橋にあった吉原の浅草裏への移転も車の溜がここにあるのも徳川幕府の意向であった。

ふたりは吉原と浅草溜のふたつの塀の間を歩いて、南東側へと出た。

浅草田圃《たんぼ》が広がって見えた。

「なんぞ不審はございましたか」

大門口に戻ったとき長吉が訊いた。

「ここを抜け出るのは至難の業《わざ》じゃな」

「生きて出ようと死んで出ようと大門がただひとつの出口なんです」

一周に一刻ほど要していた。

幹次郎が立ち止まったり、考え込んだりしたせいだ。

ふたりは大門を潜ると松葉屋を訪ねた。

八つ時分から昼見世《ひるみせ》が始まる。女郎衆は朝風呂に入り、朝食を済ませてのんびりと化粧をし始める刻限だ。

遣手のおうたを通して楼主に断り、一階の座敷に上がらせてもらった。

まずは長年香瀬川太夫と一緒に暮らしてきた番新のしげのが呼ばれた。

「長吉さんかえ」
三十四、五の番新は長吉と昵懇《じっこん》とみえて、名を呼んだ。
「おまえさんのお役に立ちたいと思うさ。でもね、朋輩衆とも話したがどう考えても太夫が行方を絶ったなんて信じられない、その一言だよ」

しげのは一夜過ぎた今も不思議そうな表情だった。

「近ごろ太夫の様子に変わったことはなかったか」

幹次郎が訊いた。

しげのは幹次郎の顔を見て、なにか言いかけたが首を横に振った。

「太夫は気の強い人でしてね、悩みや哀《かな》しみをだれかに漏らすということはありませんでしたよ。どんなときだって、胸の内を見せることのない花魁でした」

「もし花魁が足抜したとしたら、どこかに変わったことがあったはずだ」

「足抜……」

しげのは思いがけない言葉を聞くという顔で幹次郎を見て、

「……そんな」

と呟いた。そして、長いこと黙りこくって考えていたが、

「そういえば、三、四日前から花魁が朝晩拝んでいた位牌《いはい》が見当たりませんでしたね」

と答えた。

「だれの位牌か」

「春先に死んだおっ母《か》さんのものですよ。位牌といっても、白木に自分でおっ母さんの名を書いただけのものでね」

「母親が春先に亡くなったのじゃな、別れには行ったか」

「神守様、吉原にいったん入ったら、親の死に目に会えないのが普通なんで」

長吉が答えた。

「香瀬川の在所はどこかな」

「三浦三崎《みうらみさき》にございますよ」

「香瀬川の馴染の客は分かるか」

「調べてございます」

長吉が答えた。

しげのの他に振新らに訊いたが、足抜などあり得ないとだれもが首を横に振るばかりで手がかりはなかった。

幹次郎と長吉が会所に戻ると四郎兵衛が、

「仙右衛門が、浅草並木町《なみきちょう》の道安《どうあん》医師が三人の怪我人を手当てしたことを探り出してきました。浪人者ふたりと町人ひとりの三人、神守様に叩きのめされた三人でございましょう」

と言った。

「夜明け前、駕籠の迎えが来て、朝方また駕籠で送られてきた。道安は橋を渡ったようだがそう遠いところではない、今晩も迎えが来ると言っております」

と幹次郎を見た。

「神守様、今晩、ひと働きしてもらえますかな」

畏まった幹次郎に、

「今日は朝が早かった、長屋に戻ってひと休みしてください。刻限になれば長吉を迎えにやらせます」

と四郎兵衛が命じた。

その夜八つ（午前二時）過ぎ、長吉が左兵衛長屋を訪ねてきた。

すでに身仕度を整えていた幹次郎は、亡父譲りの長剣と脇差を腰に差し落として長吉に従った。

山谷堀でふたりを会所の息のかかった船宿《ふなやど》、牡丹屋《ぼたんや》の舟が待っていた。

「ご苦労にございます」

舟の上の番方の仙右衛門が言った。

幹次郎は黙って頷く。

舟が隅田川《すみだがわ》（大川《おおかわ》）に向かって漕ぎ出された。

「およそのことが分かりました。この界隈で吉原通いの客の懐を強引に狙っていた掏摸の頭分は原口統五郎《はらぐちとうごろう》と申す御家人《ごけにん》にございます。この者、新陰流《しんかげりゅう》の達人と自称しているようですが、腕前のほどは分かりかねます。ともあれ、屋敷に浪人、やくざ者、お銀のような掏摸を集めて三人から四人一組で客を囲ませ、懐中物を強奪する輩《やから》の上前をはねて暮らしている御家人の悪《わる》にございます。面構《つら》えからしてひとりやふたり、殺していることはたしかなんで……」

「番方、どう始末すればよい」

「吉原としてはこのような者が二度と出てこなければそれでよいのです。一同の始末は明朝、町方につけさせます」

仙右衛門が四郎兵衛の考えを伝えた。

とはいえ斬り合いになれば、原口の腕次第で幹次郎が斃《たお》れることもある。

「事と次第では原口を始末してもかまわぬと四郎兵衛様は申されております」

隅田川に出た舟は下流へと吾妻橋《あづまばし》まで漕ぎ下り、竹町《たけちよう》の渡し付近で岸へ着けられた。

仙右衛門を頭に幹次郎、長吉、船頭の牡丹屋の若い衆の四人は北本所表町《きたほんじよおもてちよう》にある原口の屋敷に到着した。すると闇の中からもうひとりの会所の若い衆が現われ、

「道安先生の治療が行われているところです」

と報告した。

四半刻ほど待つと門が開き、駕籠が担ぎ出されてきた。駕籠には浪人ひとりが従って、道安を浅草並木町まで送っていくようだ。

「屋敷内には原口と妾《めかけ》の他に浪人者が二名、やくざ者が四人、女がふたりおります。四蔵ら怪我人は人数に入れてありません」

「七対五か」

仙右衛門が呟く。

幹次郎たちはさらに四半刻ほど待った。

「踏み込みますか」

仙右衛門の声に幹次郎らは黙って立ち上がった。

門も玄関も戸締まりはしてなかった。

だれかが侵入してくるなど考えもしていないのだ。

「たかだか浪人ひとりになんて様《ざま》だ。三人が大番屋に繋がれ、三人が怪我人だ。いいな、明日にも、吉原の用心棒を叩き斬るぞ」

原口統五郎の怒鳴り声が廊下の奥から響いてきた。

道安医師が帰って、怒りが込み上げてきたらしい。

幹次郎が先頭に立った。

「だれじゃ！」

気配を感じたか、原口が怒鳴った。

「出向く要はいらぬ。われらが出向いてきた」

「よ、吉原会所か」

障子の向こうに影が走った。

いきなり障子から剣が突き出された。

幹次郎は身を捻《ひね》ると切っ先を躱《かわ》し、無銘の長剣を車輪が回るように滑らせた。

障子が両断されて血飛沫《ちしぶき》が障子に散った。

「おのれ！」

原口が喚《わめ》き、幹次郎が襖を蹴り破って座敷に入った。

中腰の浪人ややくざ者を前に原口統五郎らしき人物が左手に大刀を提げて片膝《かたひざ》をついていた。その傍らにはだらしなく小袖を巻きつけた女がいた。

隣の部屋には三人の怪我人が枕を並べている。

幹次郎は刀を引きつけざまに原口統五郎のもとに走った。

その形相に浪人ややくざ者が左右に分かれて道を開けた。

「どけえ、おまさ！」

原口は妾を横に突き倒すと片膝をついたまま、突進してきた幹次郎の両膝を両断するように刀を鋭く捻り抜いた。

鋭い太刀風《たちかぜ》。

幹次郎は膝を曲げて跳んだ。跳びながら引きつけた豊後行平と研ぎ師が見た豪剣を原口統五郎の首筋に落とした。

幹次郎の曲げた足の下を光が走り、振るわれた切っ先が原口の喉首を刎《は》ね斬った。

ぐえっ！

原口がどどっと倒れ込んだ。

「死にたい者は申し出よ」

匕首を翳《かざ》した仙右衛門の声が飛んだ。

幹次郎の血に濡れた刀がゆっくりと回された。

妾が、
ひひいいっ……。

と叫び、恐怖に両眼を見開いた。
その瞬間、浅草吉原界隈で掏摸を働いてきた一味は制圧されていた。

第二章　血染めの衣

一

編笠を被《かぶ》った神守幹次郎は着流しの腰にいつもの長剣を差して大門前の外茶屋《そとぢゃや》から楼の出入りを見ていた。

昼下がり、昼見世の最中だ。

勤番侍や店の奉公の合間を盗んで駆けつけた手代《てだい》風の男が大門を潜っては、また出てきた。髪結の道具箱を提げた職人が入っていき、医師が病人の女郎を診るために駕籠で乗り入れた。乗物禁止の吉原だが医師だけは別格であった。

出入りの客を面番所の隠密廻り同心や小者《こもの》たちが見張り、女たちは会所の若い衆が調べる。香瀬川が男装したり、他の女に化けて出たりするのも難しい。

（大門口の他に抜け出る場所があるのか）

昨早朝、幹次郎は北本所表町の御家人原口統五郎の家に乗り込み、掏摸の頭領原口ともうひとりの浪人を斬り捨てた。そこにいた浪人ら一味は仙右衛門ら会所の者に制圧されて、会所と繋がりのある町奉行所 定町廻《じようまちまわ》り同心と十手《じつて》持ちが呼ばれて引き渡された。

その場には幹次郎は立ち会っていない。

長屋に長吉が来て、ご苦労でしたという四郎兵衛の伝言をもたらしていた。

一日骨休めをした幹次郎は、長吉と歩いた鉄漿溝を今度は独り反対廻りに歩き出した。当てがあってのことではない。

天気が回復したので、どぶの水面にぶくぶくと泡が立っていた。

南東の塀の内側は羅生門河岸《らしようもんがし》で、最下等の切見世が並んでいた。そんな見世からかすかに女たちの喘《あえ》ぎ声が漏れてきた。

幹次郎が足を止めたのは吉原の東南に接して建つ車善七の溜の前だ。

溜ができたのが貞享《じようきよう》四年（一六八七）というから明暦《めいれき》の大火後に江戸市中から浅草裏に吉原が移されて三十年後のことだ。

小伝馬町の牢に入れられた未決囚のうち、病人を車善七に預けたことで溜は始まった。

幹次郎は二万余坪の吉原に接して建つ溜をなんとはなしに眺め続けていた。

「なんぞご不審がございますので」

声をかけられ、振り向いた。

中年の男が立っていた。

浅黒い顔は精悍《せいかん》に引き締まり、覇気《はき》に満ちていた。

「いや、なんとのう」

編笠を取った幹次郎は男の顔を改めて見た。

「御公儀御用を務めます車善七にございますよ、神守幹次郎様」

溜の主が幹次郎のことを承知していた。

訝《いぶか》しげな顔をした幹次郎に善七が、

「八朔の日に土手八丁で掏摸を懲《こ》らしめた神守様のお手並みを拝見致しました」

と答えた。

「そうでしたか」

「今、神守様がお考えのことを推測してみましょうかな」

明暦の大火で、一万体に及ぶ焼死者を葬送した江戸の陰の実力者が言った。

「行方を絶った花魁が溜に逃げ込んではいないか……」

幹次郎は苦笑いして、

「八卦診《はっけみ》もなさるか」

と訊いた。

「私どものような御用を務めておりますといろいろと小耳に挟むこともございます。当代きっての花魁が八朔の道中を前に姿を消したというようなこともね」

幹次郎はただ頷いた。

「われらは御公儀御用を相務めておりますれば、吉原とは持ちつ持たれつやって参りました。吉原の困るようなことには決して手は出しませせぬ」

「善七どの、それがし、そのような考えは毛頭《もうとう》ない」

慌《あわ》てる幹次郎を笑って見た善七は、

「四郎兵衛様はよいご夫婦と知り合われた……」

と幹次郎と汀女が吉原のために極秘に尽くしている役目を遠回しに言い当てた。

「神守様、ときに茶など飲みに来てください」

「善七どの、そうさせてもらいます」

頭を下げた幹次郎は編笠を手に吉原の北西側へと歩を進めた。

次に幹次郎が足を止めたのは、竜泉寺村の金龍山《きんりゅうざん》領天宝院の門前だった。

石段を上がって境内《けいだい》を覗いた。

庭木職人たちが新しく造られた築山《つきやま》の手入れをしていた。連山のように形を変えてつらなる築山の樹木を職人たちは手際のよい仕事ぶりで次々に鋏《はさみ》で刈り込んでいく。

幹次郎は見ていて飽きなかった。そうしながらも自問した。

なぜ香瀬川太夫が吉原から自ら逃げたか。

どうやって吉原を抜け出したか。

(分からぬ……)

答えが出ないもやもやを胸に抱いたまま、ふたたび大門口に戻ってきた。すると会所前でばったりと汀女に会った。

「姉様」

「幹どの、四郎兵衛様にお会いしましたら、三浦屋の主様がそなたが薄墨太夫に会うことを承知なされたそうです」

「そうか、それはよい知らせじゃ」

「薄墨太夫にお引き合わせしますか」

「それは好都合」

今日の手習いの場は薄墨太夫のいる妓楼、三浦屋だった。

一階の広間で、昼見世に出ない花魁衆や振袖新造など十数人の弟子たちがすでに汀女を待っているとか。

表口でばったり素顔の薄墨に会った。

薄墨が汀女の後ろに従う幹次郎を見た。

「薄墨様、お願いがございます」

素顔でも一際《ひときわ》美貌の太夫が、

「本日は旦那様を連れておいでか」

と笑った。

「知っておいでか」

今度は汀女が訊いた。

「八朔の道中、流し目を送ったのにそ知らぬ顔をされました」

薄墨太夫が思いがけないことを口にした。

「幹どの、天下の薄墨太夫を袖になされたか」

ふたりの女が笑って幹次郎を見た。

「そのようなこと、それがしは知らぬぞ、姉様」

「慌てめさるな」

汀女が笑い、

「薄墨様、幹どのに少し時間を割《さ》いてくれませぬか」

薄墨太夫が頷き、

「広間には少し遅れて参ります」

と答えると、空部屋に幹次郎を招《しょう》じ上げた。

対面してみると薄墨太夫の美しさに息が詰まるほどだった。

「薄墨に話とは何でございますか」

「香瀬川太夫の失踪はご存じですな」

薄墨太夫が小さな顎《あご》をこくりと振った。

松葉屋では香瀬川が急な病を発し、廓外の寮《りょう》で静養していると茶屋筋などには通告していた。だが、真相はすぐに漏れるものだ。

「香瀬川太夫はそなたと一、二を争う吉原きっての花魁です。比類なき権勢を手中にした天下の花魁がなぜ足抜をしたか、どうしても合点《がてん》がいきません」

「神守様、そなた様は会所のために働いてなさりいすか」

薄墨が幹次郎の問いには答えず、反問した。

「それがしと姉様は吉原に拾われました……」

幼馴染の汀女と豊後岡藩を逐電した曰《いわ》く、何年も妻仇討に怯えて流浪の旅を続けたこと、追っ手に汀女の弟が加わり、その弟が吉原の女郎と惚《ほ》れ合って非業の死を遂げたこと、その事件に際して四郎兵衛と知り合ったことなどを正直に告げた。

「それがしと姉様、吉原に世話になってようやく人並みの暮らしが立つようになり申した。四郎兵衛様には恩義がござる、できることなら四郎兵衛様のお役に立ちたい」

薄墨太夫が頷くと、今ひとつ問いが、と言った。

「なんなりと」

「会所は楼主様ら吉原のためにござりんす、決して私ども女のためではござりんせん。神守様は女を苦しめる四郎兵衛様の命にも応じなさんすか」

不意をつかれて幹次郎は言葉に窮《きゅう》した。

「……それがし、会所のために働くことが女郎衆のためになると信じており申したが」

幹次郎の苦悩する顔を見つめていた薄墨太夫の顔が和《なご》んだ。

「神守様、わちきのことをお忘れか」

「……」

「女郎のきくさんが南町のお奉行に生卵をぶつけたとして、自ら命を絶たれた折りのことにござりんす」

「そうか、思い出しました……」

切見世の三の長屋の女郎きくが弟の罪を背負って屋根の上で包丁で胸を刺し、仲之町の通りに転落したとき、その亡骸《なきがら》に重ね着していた白無垢の小袖をかけて去った花魁がいた。それが薄墨太夫だったのだ。

「おおっ、そうであったな」

「薄墨は神守様がきく様のために働かれたことを承知していんすよ。でも、汀女様との道中のことを聞いて、わちきも香瀬川様のように少しばかり悪戯《いたずら》がしとうなりんした……」

と笑った。

「これが神守様の先ほどの問いへの答えにござりんす」

「香瀬川太夫の足抜の曰くが悪戯にあると」

「はい」

「分からぬ」

「そう、幹次郎様にはお分かりになりますまい」

薄墨太夫は言うと煙草盆を引きつけ、長煙管《ながギセル》に刻みを詰めると火皿に火をつけた。ゆったりとした優雅なしぐさだ。

香りのよい紫煙《しえん》が漂った。

「私も香瀬川様も遊女三千人の頂点に立っていんす。嫌なれば旗本方にもけんつくを食わせることもできいんす。楼主様も私どもの無理はおよそ聞いてくれんす。上げ膳据え膳、何人もの新造や禿にかしずかれて、何ひとつ足りぬもののない暮らしとお思いざんしょう。ですが、私どもには大事なものがひとつだけ与えられていんせん。好きな主《ぬし》様と手に手を取り合って、諸国を逃げ回る気まま勝手ざんす。吉原と呼ばれる廓内で身動きのつかないのが女郎でありんす」

「香瀬川太夫は気まま勝手を求めて吉原の外に逃げられたか」

「さて……」

と言った薄墨太夫は、

「幹次郎様、好きな相手はひとりだけでようざんす。毎夜毎夜、違う男子《おのこ》を相手するのは地獄です」

「花魁も毎夜地獄を感じておられるか」

薄墨太夫はゆっくりと顔を横に振った。

「吉原に入ったときから、この苦界で生きようと覚悟致しんした。吉原には吉原の身の立て方がある、それを極めようと考えました」

言葉を切った薄墨太夫は、

「汀女様を大切にしておくんなんし」

と言い残すと優美なしぐさで立ち上がり、部屋を出ていった。

幹次郎はしばらく薄墨太夫の幻影に惑わされるようにその場に座り込んでいた。

会所に顔を出すと、四郎兵衛と仙右衛門のふたりが幹次郎を迎えてくれた。

「一昨夜はご苦労でございましたな。原口の残党はすべて大番屋に引き渡してございますよ」

四郎兵衛が笑いかけ、

「こちらはなんとか解決したが、今ひとつがな」

と愚痴《ぐち》の口調になった。

「ただ今、薄墨太夫と会って参りました」

「なんぞ参考になりましたかな」

「薄墨を目の前に撒《ま》かれて惑わされたようで……」

ふたりが声を上げて笑った。

「神守様は剣は凄腕じゃが、女はな、うぶのようですな」

四郎兵衛が言い、仙右衛門が言葉を継いだ。

「神守様、用心なされ。このようなところにおる女はな、神守様のようなうぶな男に入れ上げるものです」

「番方、神守様には汀女様がおられますよ。そのように唆《そそのか》しては神守様が汀女様に放り出されますよ」

幹次郎は困惑の顔でふたりを見ると、話柄を変えた。

「仙右衛門どの、香瀬川太夫を手引きした者の見当はつきませぬか」

今度は仙右衛門が頭を抱えた。

「今も四郎兵衛様と相談申し上げていたのですが、見当もつきませぬ」

「神守様、吉原の遊女はざっと三千人。これに付随《ふずい》する私どもから按摩《あんま》まで入れますとおよそ二万余人が吉原で暮らしております。まあ、絞り込むには時間がかかります。とは申せ、松葉屋の丹右衛門どのからはやいのやいのの催促でな」

四郎兵衛も困惑の体《てい》を見せた。

「最初に行方を絶った磐城楼の市川は千住の弥五郎新田の出と聞きましたが、最近、調べに行かれたのはいつのことで」

「十日前でしたかねえ。親からも兄弟からもまだ行方が摑めぬかと反対に怒られる始末で、在所に戻っている風はないんで……」

「これから訪ねてようございますか」

「千住に行くのにはちと刻限も遅い、帰りは真っ暗になりますぞ。明日になさっては」

「意外と闇夜のほうが獲物にぶつかるかもしれません」

「好きなようにしてくだされ」

と四郎兵衛が言い、仙右衛門が長吉を呼んで、供を命じた。

幹次郎と長吉が五十間道から日本堤に出たのがすでに七つ（午後四時）の刻限、ふたりは三ノ輪村まで土手八丁を進み、右に折れて千住宿を通り過ぎて、長さ六十六間（約百二十メートル）の千住大橋を渡った。

陽は西に傾いていたが、まだ明るかった。

街道に沿って長く延びる千住宿にかかった刻限、日が陰ってきた。

それでも健脚のふたりは足の運びを緩めることなく先を進んだ。

宿場の外れで右に折れると急に辺りは暗くなった。

疎水《そすい》を越えると周りは刈り取りを待つ田圃ばかりになった。

「おれはふた月前にも訪ねましてね、母親に泣かれて困りましたぜ」

「そなたの勘でも市川が在所に戻っている風はないか」

「ございませんね」

氷川社《ひかわしゃ》の前を通り過ぎると、また堀を越えた。

風に冷たさが混じった。

「市川の名はいちというのです。清亮寺《せいりようじ》の先を弥五郎堀に沿って曲がった林の中に家がございます……」

弥五郎堀を渡ると、若い娘たちが流れで大根を洗っていた。笑い声が弾《はじ》けるように薄い闇に響いた。

長吉が足を緩めて歩み寄ると小首を傾《かし》げた。傍らに地蔵堂があった。

「ちょいと様子をみますか」

小声で言った長吉が幹次郎を地蔵堂の陰に導いた。

女たちは話に夢中で気がついた様子はない。

「わっしの眼に狂いがなければ、女たちの何人かはいちの妹たちです」

「それがどうかしたか」

「わっしが前に訪ねたときとえらく感じが違います」

「それは姉がいなくなったばかりの頃と三月も過ぎた今では違おう」

「それだけでございましょうか」

女たちは屈託《くったく》のない様子で芝居の役者の話などを喋り合っていた。

大根を洗い終わり、竹笊《たけざる》や籠に入れて、

「また明日……」

と娘たちは三組に分かれて堀に設けられた洗い場から消えた。

竹籠を背負ったふたりは雑木林に延びる道に向かった。

「間違いございません、いちの妹たちだ」

ひとりは十四、五か。もうひとりはそのふたつばかり年下だった。

「わっしらは裏道から回り込みますか」

長吉は来た道を引き返し、東側へ進んだ。黒々と闇に沈んだ雑木林をぐるりと回り込んだふたりは、畔道《あぜみち》を通って林の中を進み、落ち葉を踏みしめて農家の裏手に出た。

炊煙《すいえん》が上がっているのが見えた。

「神守様、ちょいとここでお待ちを……」

そう言い残した長吉が闇に紛《まぎ》れていいちの家に忍んでいった。

幹次郎には成算があって、失踪した市川といいちの家を見てみようと思ったわけではない。

薄墨太夫の謎めいた言葉を聞いたとき、遊女たちが自ら足抜を希望したとしたら、客よりも廓の外にその曰くがあるのではと思わされたからだ。

芒《すすき》の茂みから虫が鳴き始めた。

幹次郎は一刻ばかり長吉の帰りを待った。

芒が揺れて、長吉が顔を覗かせた。

「なんぞ分かったか」

「いえ、はっきりとは……」

と答えた長吉は、

「でもね、おかしゅうございますぜ。妙に家の中が明るうございます、どうも様子が違います」

「どうするな」

「神守様の勘が当たったかもしれねえ。ちょいと食らいついてみますか」

「よかろう」

「ならば千住宿まで戻って、腹の足しになるものを見つけてきます」

長吉はまた姿を消した。

秋気がしんしんと幹次郎の体を取り囲んだ。

竹笛の音が風に乗って聞こえてきた。

手造りの尺八《しやくはち》をいちの父親がでも吹く音か、鄙《ひな》びた調べが一家の余裕を感じさせた。

芒の上に上弦《じようげん》の月が浮かんだ。

競い鳴く　野笛《のぶえ》と虫の　夕月夜

（そのままじゃな）

幹次郎は口の中で呟いた。

二

灯りの消えたいちの家から人影が現われた。女の影だ。庭を突っ切った女はすたすたと弥五郎堀への道を歩み、千住宿へと向かった。

幹次郎はすぐに尾《つ》けていった。

月光に浮かんだ影はいちの母親のようだ。

女は清亮寺の境内に入っていくと山門《さんもん》を潜ったところで草履《ぞうり》を脱ぎ、本堂に向かって石畳を往復し始めた。

お百度参りだ。

幹次郎は女が口の中で何事か唱えながら一心不乱に往復する光景を山門の前の暗がりに立って見るとはなく眺めていた。

ふと背後に人影がした。

振り向くと長吉が見知らぬ若い衆を伴い、立っていた。

「どうやらいちの母親のようだ」

幹次郎の言葉に頷いた長吉が、幹次郎を山門から離れた場所に連れていった。

山門が見えるところに楢《なら》の大木が三本そびえていた。その脇に幹次郎を座らせた。

「神守様、腹が空いたでしょうな」

長吉は男に提げさせた竹皮包みと徳利、茶碗を幹次郎に渡すように命じた。

「酒とは贅沢な……」

「お注ぎします」

若い男が幹次郎に茶碗を渡し、徳利から酒を注いだ。

「神守様、この男、二年前まで吉原にいた光助《こうすけ》でしてね、女でしくじって吉原にいられなくなったのです」

光助がぺこぺこと頭を下げた。

「わっしがどこぞで食べ物をと灯りが消えた千住宿をふらついていると、ばったりこいつに会ったんですよ。今は生まれ在所の千住の岡場所《おかばしょ》で牛太郎《ぎゅうたろう》になって世過ぎ身過ぎを送っているようなんで……」

と自分は竹皮の包みを解いて握りめしをぱくついた。

千住宿には飯盛女《めしもりおんな》と呼ばれる私娼がいる岡場所があった。

「出会ったのは光助にもわっしらにも天の助けというやつで」

幹次郎はゆっくりと茶碗酒を呑んだ。

「光助、もう一度、さっきと同じことを神守の旦那に説明して吉原に走れ。おめえが今度の一件でうまく立ち回れば、四郎兵衛様に吉原に戻れるよう頼んでやろう」

「ありがてえ、兄い。いくら四宿《ししゆく》のひとつといってもよ、吉原とは格が違わあ、女も土臭《つちくさ》ければ、旦那も客も野暮《やぼ》ったい。おりゃ、つくづくうんざりしていたところだ」

「無駄口利くんじゃねえ」

へえ、と頭をもうひとつ下げた光助は、

「いちが吉原に女郎に出た件はよう承知してます。いちの親父の小作《しようさく》が脚気《かつけ》を患《わずら》って働くことができなくなった。まだ餓鬼《がき》は小さいし、不作は繰り返す。そんでよ、千住宿の飯盛にいちが奉公に出ようということになった。千住掃部《かもん》宿の旅籠《はたご》、常陸屋《ひたちや》に上がったのさ。それを女衒《ぜげん》も務める観音の右左次《うさじ》親分が、こりゃ、四宿の玉じゃねえ、吉原に奉公させると稼ぎ頭になるぜと、病気の父つぁんとおっ母さんを説き伏せて、常陸屋にはいくらか色をつけて銭を返し、吉原の磐城楼に持ち込んだんですよ……」

そう言った光助は自分の茶碗に酒を注いで、ぐいっと呑んだ。

「いちが千住宿の飯盛旅籠に奉公に出るについちゃ、反対があったと言ったな」

長吉が話を進めた。

「へえ、兄い。いちの家族は否《いや》も応もねえよ。だがよ、いちには許婚《いいなずけ》がいたんだ、弥五郎新田の名主の次男坊でよ、建次郎《けんじろう》だ。お父つぁんの病を治すためといちは建次郎との許婚の約定《やくじよう》を解こうとした。が、建次郎はどうしても首を縦に振らねえ。その頃、建次郎は千住宿で呑んだくれていたぜ。ところが、千住どころか吉原って話になった、もはや、建次郎は手も足も出ねえ……そんなこんなでいちは吉原に行っちまった」

「建次郎はどうしたな」

「当初はうだうだしてましたがね。一年前辺りから時折り、吉原のいちのところに客として会いに行っているって話ですぜ」

「神守様、会所じゃあ、そのへんの調べが行き届いておりませんでした」

長吉が嘆息《たんそく》して握りに添えられた沢庵《たくあん》をばりばり食べた。

「ともかくよ、いちの父つぁんの脚気は治った。そんでいちの弟と妹たちも大きくなって一人前になった。おれが吉原から千住に戻ってみるとよ、いちの弟の新《しん》太郎《たろう》が千住宿の鍛冶屋《かじや》に通い奉公に出ていたんだ……」

光助はしばらく茶碗を持って黙っていたが、

「新太郎はいちのことを話すことはなかった。ところがよ、梅雨時分かねえ、おれと呑み屋で一緒になってよ、酒を呑んだことがあった。そんとき、えらく機嫌がいいんでよ、どうした、いいことでもあったかと訊いたらよ、姉さんにいいことがありそうだって、漏らしたことがあったっけ」

「神守様、梅雨時分といえば、いちが姿を消した前後ですぜ」

長吉が幹次郎に言った。

「それより前に、いちが吉原で神隠しにあったって噂を聞いたんでよ、いいことがありそうってのはどういうことだと思ったんだ。神隠しに遭ったってときには、あいつはえれえことになったと青い顔をしてたのによ」

光助は幹次郎の茶碗に新たな酒を注ぎ、自分のにも満たした。

「光助、いちの母親が百度を踏み始めたのは、いちが吉原に出てからか」

「神隠しにあった後のことだぜ、旦那」

「いちの許婚だった建次郎はどうしてるな」

「そういや、近ごろ面を見ねえな」

「姿を消したのはいつごろか」

「言われてみれば神隠しにあった前後かねえ」

そのとき、緊張した長吉が光助に黙るよう注意した。

山門に百度参りを終えた女の影が立って、家の方角に戻り始めた。

「光助、てめえはやっぱり吉原に走れ。四郎兵衛様か番方の仙右衛門様に、おれたちに話したことを申し上げげろ。そして神守様とおれが千住宿に残ると伝えるんだ。なにか会所から指示があろう」

残った酒を呑み干した光助が、

「長吉兄い、さっきのこと、約束だぜ」

「おお、おめえの働き次第だ」

へえ、と返事した光助が千住宿の方角に姿を消した。

幹次郎は茶碗酒をやめて、竹皮包みに手を出した。

「どうやら神隠しにはからくりがありそうじゃな」

「いちの身内、建次郎らはなにかを知ってますね。母親が急に百度を踏み出したのもおかしいや。娘の身を案じるなら、初めて吉原に上がったときに踏むはずだ。それが事が起こったときからだとは臭い」

「建次郎が姿を消したのも気になるな。ともあれ素人《しろうと》の一家に吉原の足抜のお膳立てなどできないことはたしかだ」

「千住の百姓一家にできるもんじゃありませんや」

「長吉、遊女がひとり吉原から消えるとなれば、大金が動かねばなるまい。だが、年季奉公の市川に持ち金がそうあったとも思えない」

「ええ、市川が溜めていた金はせいぜい数両でしたよ」

「おかしいな。だれが市川のために金を出し、だれが得をするのだ」

「そのへんがねえ……」

長吉が首を捻った。

「はっきりしていることは吉原がえらい損害を受けたことだけだ」

「まあ、千住宿で頑張ってみれば、なんぞ手がかりがみえるかもしれんな」

「こりゃ長くなる、塒を設けることになりそうだ。だが、今晩は仕方ねえ、野宿だねえ」

「秋の月を眺めて一夜を過ごすのも風流、悪くあるまい」

「五七五だかの材料になりますかえ」

「姉様なら上手に詠《よ》まれようが、それがしは駄目だ」

ふたりは立ち上がるといちの家に向かって、歩き出した。

明け方、寒さが一段と厳しくなった。

ふたりは立ったり座ったりして寒さを凌《しの》いだ。

日が上がる前に炊事の煙が上がった。

家を最初に出たのは鍛冶屋に奉公する新太郎だった。さらに母親と娘たちが野良に出た。家に残ったのは脚気病み上がりの父親小作だけだ。

「長丁場になりそうですな」

寒さのせいか、長吉が何度も同じことを繰り返しては足踏みをした。

「香瀬川太夫まで辿りつけるのなら、千住村で頑張ってみるさ」

日が上がってようやくふたりの震えが止まった。

一夜を過ごしてみて、昼間ならこのまま監視できないこともないが、夜通しは無理だと分かった。

ふたりは明るい陽光の下で塒にできる場所がないか辺りを見回した。

小作の家の数丁《ちょう》以内には人家《じんか》はないが、東側に寺らしきものが見えた。

いちの母親が百度を踏んだ清亮寺とは別の寺だ。

「あの寺になんとか頼み込んで塒を設けさせてもらい、交代でこの林から見張ることになりそうです」

　長吉が言った。

「ならば寺に頼みに行こうか」

「いえ、そいつは待ちましょう」

　長吉には思案があるのか、動こうとはしなかった。

「長吉、そなたの在所はどこだ」

　幹次郎は退屈の虫を紛らわそうと訊いた。

「わっしですかえ」

　と長吉は江戸の方角を見た。

「おっ母さんは切見世の女郎でねえ、客が父親だが、だれかは分かりませんや。だから、物心ついたときから吉原が在所でさあ」

「それは……」

　思いがけない返答に幹次郎は言葉を詰まらせた。

「母親が労咳《ろうがい》で亡くなった後、会所に引き取られて育てられたんで。わっしには吉原がすべてですよ」

「母の顔を記憶しているか」

長吉は顔を横に振った。

毎夜、客の相手をする女郎たちの大敵は病と妊娠だ。

女郎が懐妊すると山牛蒡《やまごぼう》などを使って堕胎を強《し》いたという。そんな吉原にあって長吉の母親がどうして子を産むことができたのか。ともあれ長吉の場合は珍しい例だろう。

「住めば都《みやこ》と言いましょう。吉原がお国なんてのも悪くありませんぜ」

そう強がった長吉は、

「神守様のお国は西国《さいごく》でしたな」

「豊後国の岡藩という七万余石の城下町だ。馬廻《うままわ》り役十三石、次男坊の後継ぎなど、何の夢もありはしない。国にいた時分、腹が満ちたという記憶がそれがしにはない」

「出世しようと剣術を修行なさったんで」

「剣の腕が立ったところで出世などできるものか」

そう吐き捨てた幹次郎は、

「城下を流れる玉来川《たまらいがわ》にな、薩摩に関わりのあった老武芸者が住み着いたことがあった。この者が奇妙な稽古をやっておった。河原に立てた流木を赤樫の木剣で叩くだけの稽古じゃ。それがしはこの老人について薩摩お家流の示現流を修行した。子供心に、これがそれがしを生かしてくれる途《みち》と信じたのであろうな。老人が去った後もただひたすら流木を叩いた。叩き続けた。何年も何年もだ。それだけの修行だ」

「独り修行で神守様は空恐《そらおそ》ろしい剣を会得《えとく》なさったんで」

「姉様と逃げ回る道中、追っ手との戦いで実戦の呼吸を知った。それがなんとか姉様とそれがしを養っておる」

「四郎兵衛様が常々言ってますぜ。世が世であれば、神守様の剣は三千石、五千石で召し抱えられる技量だとね」

「そう申してくれるのは四郎兵衛様くらいであろう。それがしも姉様もこのままで十分幸せだ」

「そうねえ、上見りゃ切りがねえや」

花の吉原で生まれ、陰の仕事をこなす若い衆の頭分長吉が言った。

時がゆるゆると流れていった。

八つの刻限か。

「仙右衛門様だ……」

長吉がふいに言った。

長吉が見ているのは千住宿の方角ではなかった。反対側だ。

日はすでに中天を大きく越えていた。

吉原会所の番頭格、番方の仙右衛門が地味な羽織を着て、若い衆の梅次《うめじ》に包みを持たせて姿を見せた。大店《おおだな》の番頭の風情だ。光助も案内で従っていた。

「神守様、ご苦労でしたな。七代目もこんどこそ切っ掛けが摑めるかもしれないと喜んでます」

「そうなるとよいが……」

頷いた仙右衛門は、

「塒がいるな」

と長吉に言い、

「あの寺かえ」

と訊いた。

「まずはあそこしかございません。夜には交代でこの林に出向いて頑張るしかございませんな、番方」

「能楽寺《のうらくじ》ですよ。酒好きな住職に、小坊主がひとりいるきりの寺なんで」

光助が言った。

「酒好きか、好都合だ。私が話をつけてこよう」

仙右衛門が独り林から姿を消した。

「神守の旦那、長吉兄い、腹が減ったろう」

梅次が包みを解くと握りめしや焼き魚が出てきた。

「おお、これは美味《うま》そうじゃな」

昨夜遅く、握りめしを食べてから口にものを入れてない。ふたりは腹ぺこだったから夢中で食べた。

腹が満たされ、ほっとしたところに仙右衛門が戻ってきた。

「寺には話がついた。長吉、おめえが頭分になって、梅次と光助を配下に頑張ってみねえ」

仙右衛門は長期戦の見張りをこう手配りした。

「番方、会所も人手がいらあ。こっちはおれと光助でなんとかしよう」

長吉は梅次を吉原の戦力に回してくれと申し出た。

「そいつは助かる」

仙右衛門が長吉に軍資金を渡し、

「銭は惜しむな、なにかあれば使いを立てろ」

と指示した。

仙右衛門は幹次郎と梅次を伴うと、千住宿とは反対の林の奥に歩いていった。

林を抜けると弥五郎堀に出た。さらに南に歩くと堀は幅広い川と合流した。

「田古川とも牛田堀《うしだぼり》ともいってねえ、隅田川に通じているんですよ」

仙右衛門たちは会所の舟で来たのだ。

弥五郎堀と田古川の合流部に舟を待たせていた。

「これは楽して浅草裏に戻れる」

幹次郎が舟に乗り込みながら言うと仙右衛門が、

「今は、神守様の体を休めておいてもらわないと。ちょいとひと働きしていただくことになるかもしれないんで」

「なんぞ、起こったか」

「千住に来るのが遅れたのもそのせいなんで」

舟が田古川の流れに出ると、会所の若い衆が竿《さお》をゆったりと使って進めた。

「京町二丁目に松乃屋《まつのや》という名の妓楼があるのをご存じで……」

「店構えには覚えがある。半籬《はんまがき》（中見世《ちゅうみせ》）の楼ではなかったか」

「はい、大見世ではございませんが女郎衆も客筋も悪くはございません。ここにいる鈴音《すずね》という女郎のところに安芸広島《あきひろしま》藩のご家来が夏時分より顔を見せるようになりましてな、馴染を重ねておりました……」

名前は竹越繁千代《たけごししげちよ》といって、歳の頃、二十三、四の美男の侍である。

それが三日前に朋輩を伴って四人で松乃屋に上がった。さんざ散財をしていざ払う段になったら、互いの懐を当てにしていたが、金が足りない、藩邸に仲間のひとりに取りに行かせてくれと言い出した。

鈴音も楼主もこれまでの付き合いもある。穏便にことを済ませようとひとりの連れに金の工面《くめん》に行かせることを許したという。ところが戻ってくる様子はない。

一方、竹越ら残った三人は平然としたもので、居続けを満喫して相変わらずの呑み食いを続けていた。

「……なにやかやで四十両は越えたそうなんで」

「それは困ったな」

「へえ、困りました」

仙右衛門が顔を縦に振った。

「居続け、居残り……吉原では珍しいことではありません。また、取り立ての方法がないわけじゃない。相手は体面を重んずる大名家の家臣です」

松乃屋の楼主から相談を受けた四郎兵衛は、安芸広島藩に手蔓《てづる》を通して問い合わせた。すると、

「安芸広島藩四十二万六千石の本藩には竹越繁千代なる家臣はおらぬ。もしや支藩の青山浅野《あおやまあさの》家の家臣ではないか……」

との返事、そこで支藩三万石の浅野家に問い合わせた。

「おりました」

「おりましたか」

「が、ちと厄介《やっかい》だ。この支藩は安芸広島藩五代当主浅野吉長《よしなが》様が弟君の長賢《ながかた》様に三万石を分知《ぶんち》してできた藩です。この支藩は高家吉良《こうけきら》様に刃傷《にんじょう》した内匠頭長矩《たくみのかみながのり》様の赤穂《あこう》浅野家とも縁が深うございます。江戸には上《かみ》屋敷が青山にあるばかりです……」

本家の庇護の下に細々と存続してきたため、当然内証が裕福なわけはない。

仙右衛門はふうっと溜息を吐いた。

「竹越繁千代は赤穂四十七士の吉田忠左衛門《よしだちゅうざえもん》様の血筋とか。日頃からそれを自慢にしている若者にございましてな。仲間が青山に遊興の費《つい》えを取りに戻りまし

たが、最初からその当てはないのです」

「踏み倒すことを覚悟の登楼ですか」

「はい」

と苦笑いした仙右衛門は、

「松乃屋の主が何度かそろそろ支払いをと請求しましたが、そのうち屋敷から金を持ってくるの一点張りです。そのうち竹越め、吉原がわずか四十数両の支払いをたてに忠義の子孫の面目を潰すようであれば、われらにも考えがあると居直ったそうにございます」

「赤穂浪士の末裔《まつえい》を名乗るにしても落ちたものじゃな」

「ですが、神守様、元禄《げんろく》十四年（一七〇一）の刃傷事件以来、浅野家縁《ゆかり》の四十七士は忠義の臣として江戸では神様扱いにございます。竹越にひと騒ぎされると吉原の評判は台無しにございましてな、扱いに困っております」

赤穂浪士の元禄十五年（一七〇二）十二月十四日の吉良邸討ち入りからおよそ八十四年、『仮名手本忠臣蔵《かなでほんちゆうしんぐら》』として繰り返し芝居に演じられて、四十七士は神格化されていた。

舟は田古川から隅田川の豊かな流れへと出た。

「吉原は女郎衆の身を売って金を稼ぐ町にございます。同時に粋を売り物にもしてきました。竹越らの扱いの兼ね合いが難しい」

「……」

「四十余両とはいえ、騒ぎを恐れて無料で呑み食いさせたとあっては示しがつきませぬ。同じ手口の者が出てきます」

「で、あろうな」

「かと言って、赤穂の末裔を名乗る者と騒ぎを起こして吉原が悪者にもなりたくはない」

「四郎兵衛様はその若者にお会いになったか」

「いえ、神守様のお考えを聞いてからでも遅くはあるまいと申されております」

「さて、どうしたものかな……」

幹次郎は隅田川の流れに視線を落としてぽつねんと考えた。

三

吉原会所に戻りついたとき、すでに夜見世《よみせ》が始まっていた。

「弥五郎新田で野宿とはご苦労でしたな」

四郎兵衛が幹次郎を労《ねぎら》った。

「昨日、あの刻限から千住に行かれると聞いて引き止めたが、行かれてよかった。これはな、神守様の勘働きだ」

「なんぞかたちになるとよいがな……」

「いや、なります。ただ、時はかかりましょうな」

四郎兵衛も同じ考えを述べた。

「こちらでも赤穂浪士の末裔を名乗る者が騒ぎを起こしているようで」

「あの世で吉田忠左衛門どのも嘆いておられることでしょうよ」

「未だ登楼を続けていますか」

「平然としたものだ」

「どうしたもので……」

「竹越繁千代は、貫心流《かんしんりゅう》の剣と居合をよくするそうじゃがその真実のほどは分かりませぬ」

と言った四郎兵衛は仙右衛門に、

「浅野の留守居役と会う手筈《てはず》が浅草寺門前の蔵よしで調《ととの》うておる。仙右衛門、そなたが会ってきてくれぬか。もうそろそろ刻限……」

と命じた。

蔵よしは料理茶屋だ。

吉原ではできれば藩から金を出させてでも穏便に事を済ませようとしていた。

「畏まりました」

仙右衛門がすうっと座を立った。

「浅野もな、どう始末をつけたものか、重臣方は怯えておる」

と独白するように幹次郎に聞かせた四郎兵衛が、

「神守様は私にお付き合いを……」

と供を命じた。

ふたりがまず行った先は、山口巴屋の帳場だった。

四郎兵衛は女将である娘の玉藻を呼ぶと、

「神守様の形《なり》をお店者《たなもの》に変えてくれぬか」

と頼んだ。そして、自分も大店の主に見えるよう地味な羽織を出させた。

幹次郎は髪結のばあさんから番頭風に髷《まげ》を結い直され、髭もあたられ、絹物の小袖に羽織を着せられた。

「神守様、お店の番頭さんがそう胸を張っているもんじゃありませんよ。少し前屈みに歩くくらいでよろしいかと」

山口巴屋の表口で玉藻に注意を受けて、仲之町に出た。

旦那の供で番頭が吉原に来た風情だ。

「神守様、吉原を五丁町《ごちょうまち》というのはご存じですな」

「はい、江戸町一丁目、同二丁目、京町一丁目、同二丁目、角町、揚屋町、伏見町の七つを称して五丁町と伺ったことがあります」

「さようにございますよ。われら会所も元々は新吉原五丁町名主行事会所と申しましてな。元々あった五町に揚屋町と伏見町を加えて、仲之町の左右に振り分け七つの通りがありますが、揚屋町は元吉原の時代に十八軒の揚屋（茶屋）があった通りでしてな、揚屋は妓楼から遊女を呼んで、客に遊興させる茶屋のことです。今、揚屋は廃《すた》れ、引手茶屋がそれに取って代わりました。残る揚屋は壱番屋《いちばんや》という一軒を残すのみにございましてな……」

ふたりは仲之町を主従のように歩いていった。

「吉原の寸法がすべて京間で造られていることといい、五丁町の構成といい、京の島原遊廓、正式には朱雀野西新屋敷《すざくのにししんやしき》の曲輪《くるわ》の造りを模《も》したものなのです。吉原はすべて京の物真似でできた町なのです」

四郎兵衛は京町二丁目に曲がった。

もはや幹次郎にもどこに行くのか、見当がついていた。

遊客の振りをして松乃屋に上がろうというのだ。

「吉原は京に倣《なら》った遊興の地です。まあ、はっきり言えば、田舎者。だからこそふだんから野暮を廃し、粋を身上としてやせ我慢してきた。今度の事件は、吉原の見栄をつかれた」

松乃屋の前にふたりは来ていた。

「これは大旦那様、ようこそいらっしゃいましたな」

打ち合わせがあったとみえて、妓楼の女将が出迎え、二階座敷にふたりを招じ入れた。

ふたりが落ち着くと花魁が振袖新造、番頭新造、禿らを従え、

「大旦那、ようこそいらっしゃいました」

と姿を見せた。

「番頭さん、松乃屋の紅霧《べにぎり》太夫です」

四郎兵衛が素知らぬ顔で紅霧に幹次郎を紹介した。

どう受け答えしてよいか分からぬ幹次郎を見て、四郎兵衛と花魁が笑った。

「神守様はお芝居は駄目ですな」

いつもの口調に戻った四郎兵衛が笑い、

「女将さん、どんな風かな」

と楼主の女房に訊いた。

「四郎兵衛様、腹が立つったらありゃしませんよ。遠慮もあらばこそ、朝風呂をたてろ、魚はなにがいい、酒は下り物だと注文ばかりうるさいんですから。近ごろじゃ、なんだか鈴音までがあっちの言いなりで好き放題……」

階下から女房が呼ばれて姿を消した。

「紅霧、鈴音はどんな遊女かな」

四郎兵衛が訊く。

「客に惚れやすうござんす」

「身がもたんな」

「四郎兵衛様、ちょいと気になることが……」

と番頭新造が言った。

「なんじゃな」

「鈴音さんの番新、まさのさんが厠で漏らしたんですがね、竹越繁千代は懐に短《たん》筒《づつ》を忍ばせているって話ですよ」

「どうも信じられんな」

「嘘か本当か知りませんが、まさのさんはあの男なら吉原に持ち込んでも不思議じゃないと言ってましたよ」

むろん吉原は『槍、長刀門内へ堅《かた》く停《ちょう》止《じ》たるべき者也』という高《こう》札《さつ》にある通り、槍、薙《なぎ》刀《なた》、弓、鉄《てっ》砲《ぽう》は幕府の役人といえども持ち込み禁止である。

武家は二本差しで大門を潜ることができた。が、その大小も茶屋か妓楼の帳場で預かって、無腰で花魁の座敷に通るのが仕来たりだった。

もし竹越が懐に短筒を隠し持っているとしたら、厄介だった。

庭越しに喚声が沸《わ》いた。

「鈴音さんの部屋にござんす」

紅霧が呟く。

そこへ松乃屋の楼主松《しょう》六《ろく》が座敷に顔を見せた。

代々楼主は松六の名を世襲するのが習わし、屋号もそこからきていた。

「四郎兵衛さん、屋敷に金を取りに戻っていた仲間が戻ってきたのですよ」

「なんと、金は持参したか」

四郎兵衛が驚きの顔をした。

「いったん締めてくださいとお願いしても、帰楼するとき一緒に払うと申します。どうも怪しいものだ」

松六は信用していなかった。

「これはとことん松乃屋さんを食い物にする気だ」

「いつまでもあのままでは困りますぞ、四郎兵衛さん」

「あの若造は自棄《やけ》を起こしているのか、それとも我らを騙《だま》す秘策があるのか、今ひとつ分からぬな」

四郎兵衛が幹次郎を見た。

「竹越繁千代の面構えを見とうございますな」

幹次郎が言うと、

「わちきが案内致します」

と紅霧が立ち上がって幹次郎の手を取った。

「これは恐縮……」

松乃屋は中庭を中心に部屋が囲んであった。その内側にぐるりと廊下が通っていた。

紅霧は厠にでも幹次郎を連れていく風情で、

「おまえ様、こちらへ……」

と鈴音たちの座敷のほうへ連れていく。ふいに幹次郎の耳元に紅霧の口が寄せられ、

「そう堅くならずともようございますよ」

と囁《ささや》いた。

香りのよい匂いが鼻孔《びこう》をついた。

幹次郎の全身を言いようもない快感が走り抜け、背筋がぞくりとした。

鈴音の座敷の障子は開け放たれていた。

仲間がふたたび戻ってきたことで活気づいた座敷には新たな酒が運ばれて、大ぶりの器に酒が注がれているところだった。

「座敷の前を失礼しやんす」

紅霧が鈴音に遊女同士の挨拶を送った。

「おや、紅霧さん」

「うちの人が酔うてしまいました。ちょいと夕風に吹かれておりんす」

「どうじゃあ、花魁、一緒に酒を呑んで参らぬか」

鈴音の傍らでぞろりと小袖を着流した竹越繁千代が青白く透き通った肌の顔を向けた。両眼だけがわずかに赤みを帯びている。

「別の座敷に招かれるなど、吉原の仕来たりにはござんせん」

「仕来たり仕来たりと吉原は仕来たりの里か、そんなもの、ものの役にも立たぬわ。一杯、呑んで参れ、でなければ、この関所、通さぬ」

繁千代が仲間に合図を送るとひとりが紅霧の前に立ち塞《ふさ》がった。

「通さぬ通さぬ、竹越どのの挨拶を受けられえ」

「これは無体《むたい》な……」

両手を広げて通せんぼをした侍を見て、紅霧が呟き、幹次郎の耳にふたたび口を寄せると、

「一杯だけ馳走になって参りましょうか」

と囁いた。

「お邪魔になりんす」

番新らが紅霧と幹次郎の席を作った。

半籬とはいえ、吉原で生きてきた花魁、堂々とした挙動だ。

「鈴音さん、馳走になりんす」

禿が紅霧に塗物の杯を持たせ、酒を注ごうとした。

「それでは小さいわ、この器で参れ」

竹越繁千代が自分が呑んでいた大ぶりの器と替えさせた。

幹次郎がそこにいることなど歯牙《しが》にもかけない態度だった。

それが幹次郎に十分な観察の時間を与えた。

竹越繁千代の眼が放つ暗く鈍い光には狂気が潜んでいるように思えた。狡猾《こうかつ》な人物と思われた。

安芸広島藩の内証を分け与えられた、いわばお荷物として生きてきた藩だ。

徳川の世の開闢《かいびゃく》から百八十余年を迎え、商《あきない》の時代を迎えていた。

暮らしが立ち行かぬ旗本、御家人に幕府からたびたび下げ渡し金が出るご時世であった。

世間が赤穂浪士を持てはやすのとは別に、浅野支藩の竹越らはなんの望みもない暮らしに甘んじて生きてきたはずだ。

その不満を吉原で爆発させようというのか。

「いただきまする」

紅霧は大きな器に注がれた酒を静かに悠然《ゆうぜん》と呑み干した。

「これは見事、ささ、もう一杯……」

と無理強いする竹越を艶然《えんぜん》と笑って見据えた紅霧は、

「吉原の酒は一献《いっこん》が極楽、祭りにも終わりがござんすえ」

紅霧は幹次郎の手を取ると立ち上がった。

「花魁、支払いをせえと催促に来たか」

「いやさ、吉原は遊興の里、野暮は通じませぬ」

「通じるかどうか、吉原の面《つら》の皮を破ってみとうなった」

「もう十分に吉原を驚かしておりんすえ、このへんが潮時」

と言い放った紅霧が、

「おまえ様、さて道草を食うたわいな」

と通せんぼした竹越の仲間の傍らをすり抜けようとした。すると居続けにくたびれた顔の侍が紅霧の袖を摑もうとした。

幹次郎が動こうとしたとき、紅霧が、

「お侍様、野暮はせぬもの」

とはたと睨んだ。するとその視線に圧倒されて、相手の手が宙に迷った。

「ご無礼をば……」

ふたりはその傍らをするりと抜けていった。

紅霧と幹次郎のふたりを四郎兵衛たちが出迎えた。

「様子は障子の陰から見ておりました」

「四郎兵衛様、紅霧太夫に助けられました」

幹次郎はまず正直な感想を述べた。

「吉原はわちきの里にありんす」

紅霧がうれしそうに、

「四郎兵衛様、久し振りに胸の高鳴る道行《みちゆき》を楽しみました」

と白い顔に笑みを浮かべた。

「神守様を誘惑してはならぬぞ、太夫」

「はい、承知しております。汀女先生に叱られとうはありんせん」

「なんと、太夫は姉様をご存じか」

「はい、お弟子のひとりにありんす」

紅霧が笑った。

「神守様、汀女様の弟子でございますゆえな、紅霧に一役買ってもらいました」

「知らぬはそれがしばかりですか」

と苦笑いした幹次郎が四郎兵衛に視線を移した。

「あの者、油断ならぬ相手とみました」

「連れはどうかな」

「三人は大した腕とも思えません。問題は竹越繁千代ひとり……」

「どうするにしろ廓内で騒ぎは起こしとうないな」

「見世では困りますぞ」

松乃屋の楼主松六が慌てて付け加えた。

「紅霧太夫、手間を取らせたな」

太夫の座敷を四郎兵衛らは辞去して楼主と帳場に下りた。

「松六さん、今晩にもケリをつけたいな」

「そうしてくだされ。うちではあの者たちから呑み食い代を取れないと大変な損害を受けます。吉原の、松乃屋の意地は通しとうございますな」

松六の言葉に女将が頷いた。

「まあ、待て、そのうちに仙右衛門が戻ってこよう」

と浅野藩の留守居役と番方が会っていることを楼主に話した。

「いくらかでも屋敷が払ってくれますかな」

「期待はせぬことだ」

「となれば四十八両二分となった代金は鈴音太夫の借金に繰り込まれる。太夫は生涯吉原で男の相手をすることになりますな」

無情の言葉を松六が吐いたとき、仙右衛門が姿を見せた。

「番方、なんぞ吉報はありませんか」

松六が急《せ》き込んで訊いた。

「松六様、取り立てのことなら諦《あきら》められることだ。留守居役の倉持三太夫《くらもちさんだゆう》どの、恥も外聞もなく借財だらけの藩の財政を最初から最後まで愚痴り通しで……」

「半金もなしか」

「半金どころか逆さに振っても一分の銭も出ぬそうで」

「浅野内匠頭様もさぞ嘆いておられましょうな」

松六が嘆息し、

「元々は内匠頭様の短慮《たんりょ》が引き起こしたことです」

と四郎兵衛が応じた。

「で、仙右衛門、あちらの言い分はなんですな」

「竹越繁千代ほか弓野権三《ゆみのごんぞう》、川野参五郎《かわのさんごろう》、小原忠義《こはらただよし》の三名も歴《れつき》とした浅野の家臣でございました」

「ございましたとはどういうことで」

松六が訊いた。

「今度の一件で浅野家は四人を夏前に遡《さかのぼ》って藩籍を抜いて、後腐《あとくさ》れをなくしたのです」

「なんと小賢《こざか》しい」

「倉持様が申されるには、元藩士の四人を煮て食おうと焼いて食おうとご随意《ずいい》にと……」

「呆《あき》れたな。浅野の体面はどうなる」

「私もそう申し上げました。すると、体面を保とうにもない袖は振れませせぬの一点張りで……」

「始末次第では浅野本家にも影響する話ですがな」

「四郎兵衛様、倉持様は、そこまでに思い至らぬ人物にございました」

それが浅野内匠頭と先祖を一《いっ》にする支藩の留守居であった。

四郎兵衛も松六もしばらく絶句した。

「悪い話はこれからにございます……」

四郎兵衛の視線が仙右衛門に続きを催促していた。

「竹越繁千代、ときに怒り出すと狐憑きのようになることがあり、そうなると手が付けられぬ大力を発揮しますそうで」

幹次郎は瞳の奥の沈潜《ちんせん》した暗い炎がそれであったかと思い当たった。

「二年ほど前の正月に朋輩と口論になり、繁千代は素手で殴りつけて半死半生の目に遭わせたそうにございます。そのときも藩士が六、七人がかりで取り押さえようとしましたが、どうにもならず数人が怪我をしたということにございます」

「剣術の腕はほんものか」

「貫心流の剣と居合、相当な腕前ということにございます」

四郎兵衛がふうっ、と嘆息を漏らした。

「留守居どのは藩の名さえ出ぬのなら、好きなように始末してくださっても結構との伝言にございます」

「勝手な言い分を……」

松六が呆れ返った顔をして、四郎兵衛が言い足した。

「藩からも見捨てられたか。それにしても遊興のお代を捨てる代わりに吉原は面目を立てねばならぬ。その思案が今ひとつ……」

「旦那」

と番新と遣手のふたりが帳場に顔を見せた。

「居続けの客が支払いをするから、主自ら勘定書きを持ってこいと言ってますが」

「なにっ！　鈴音の客がか」

「はい」

松乃屋松六の顔に一瞬喜色が浮かんだ。が、すぐに顔を横に振り、

「そんなことはない。四郎兵衛さん、こりゃ、なんぞ企みがあってのことだ」

「よし、手配りする」

幹次郎も片膝立てた。

「神守様、できれば里の外でけりをつけたいものです」

と四郎兵衛が釘《くぎ》を刺した。

四

帳場に待つ四郎兵衛のところに楼主の松六が慌ただしく飛び込んできた。

「四郎兵衛さん、これを……」

松六は白っぽい肌着を手にして、慌ただしく広げようとした。

そこへ鈴音の座敷近くに潜んでいた幹次郎と仙右衛門も下りてきた。

「なんじゃな、これは」

「赤穂浪士吉田忠左衛門が討ち入りの日に着用していた肌着とか。あやつ、繁千代は、先祖の遺《のこ》した宝物で払いたいと申しますので」

「なんとのう……」

松六が広げた。

白い肌着のあちこちに黒い染みがついていて、背中に墨書きされていた。

『悲願成就　御仇討取候　元禄十五年師走十四日　吉田忠左衛門』

とあった。

「四郎兵衛さん、どう致しますな」

松六が思案顔で四郎兵衛を見た。

「ほんものですかな」

仙右衛門が四郎兵衛に問うた。

さて、としばらく黙り込んだ四郎兵衛が、

「私の記憶では赤穂浪士の吉田忠左衛門どのが怪我を負ったと聞いたことはない。また怪我を負ったにせよ、肌着が縁戚に渡るとも思えない。まず偽物と思うが、調べる手立てはないな」

「ございませんな」

幕府を震撼《しんかん》させた大騒動といっても、八十余年前の事件である。今になって赤穂浪士の肌着の真贋《しんがん》など確かめようもない。

これが噂《うわさ》になって人の口に上れば、大半の人間は、

「吉原は吉田忠左衛門様の決死の肌着に五十両足らずの金も出さなかったそうな、なんと不実な里よ」

ということになる。

「考えたな」

「考えましたな」

会所の首魁《しゅかい》と楼主が顔を見合わせた。

「よかろう、嘘でも吉田忠左衛門の名を出して、肌につけた召しものと強弁《ごうべん》するからには吉原とて受けて立たねばなるまいて」

「四郎兵衛さん、どうする気だ」

「松六さん、もはや細工などいらぬ。最後の至福、気持ちよう呑まして帰しなされ」

「うちは肌着一枚で四十八両の損ですか」

「またよいこともあろう」

打ちひしがれた松六が二階へ戻っていった。

四郎兵衛が幹次郎と仙右衛門に、

「会所に戻りますぞ」

と立ち上がった。

七つ前、暁闇《ぎょうあん》の土手八丁に四つの影が浮かんだ。

竹越繁千代たちだ。

「繁千代どの、なんともあっさりといったものですな」

「女郎を抱いて四日も居続けして四十八両のお代が血の染みた肌着一枚でちゃらになった。なんとも堪《こた》えられないな」

留付居の倉持が言っていた背恰好からすると、繁千代の傍らにいるのが弓野権三か。

「権三、今度は大籬で遊んでみたいものよ」

「忠左衛門様の肌着がそうあるわけではございますまい」

山谷堀側を歩く長身の川野参五郎が懸念した。

「参五郎、あのようなものはなんとでもなるわ。時を置いて三浦屋に繰り出そうか」

茶屋の並ぶ側に立つ無言の小太りが小原忠義ということになる。

神守幹次郎が土手八丁に歩を進めたのはそのときだった。

着流しの腰に無銘《むめい》ながら、江戸の研ぎ師が豊後行平と見た豪剣が差し落とされていた。そして手には赤樫の木剣を提げていた。

「何奴か」

弓野権三が怒鳴った。

「そなたらが遊んだ四十八両二分の代価を支払っていただく」

「何を寝ぼけたことを……」

「われらはすでに清算を済ませておる」

小原忠義が叫んだ。

「肌着一枚に苦しむ遊女の泣き声が耳に入らぬか」

「たわごとをほざくな」

川野参五郎が吠《ほ》えた。

「たわごとじゃと申したか」

「おお、申したわ。それがどうした」

「鈴音は竹越繁千代に入れ込んだ報いとはいえ、そなたらが呑み食いして、女郎の肌身を抱いたお代分が借財に加えられる。生涯をあの里で過ごすことに相《あい》なろう。そなたらの遊び賃は女郎の涙と血に変わるのだ」

「うるさい！　われらは赤穂浪士吉田忠左衛門どのの血で贖《あがな》っておる」

弓野権三が声を張り上げた。

「怪しげな肌着の出所はどこだ、竹越繁千代……」

「どこぞで見た面だと思ったら、先ほど紅霧って女郎とおれたちの座敷を覗きに来た番頭かえ」

繁千代が悠然と言った。

「なんと、女郎の脇で慄《ふる》えていた野郎だぜ」

弓野が繁千代に追従《ついしょう》するように身を乗り出した。

「どうします、繁千代様」

「斬り刻んで山谷堀に蹴り込みねえな」

繁千代がすいっと身を引いた。

三人が羽織を脱いで土手下に投げた。

「そなたらに申し聞かせておく。浅野屋敷はもはやそなたらが戻る場所にあらず。浅野近江守《おうみのかみ》様、そなたら四人の放逐《ほうちく》を夏前に遡って決められたそうな。留守居役倉持三太夫どのからの伝言じゃ」

「なんと……」

弓野が衝撃を受けたように絶句した。

「権三、本家の面ばかり窺《うかが》う三万石などこちらから願い下げじゃ、面白おかしゅう過ごす術《すべ》はいくらもある。まず、そやつを斬れ！」

気を取り直して抜刀した三人は権三を頂点にくさび陣形を取った。

山谷堀側に川野参五郎、茶屋側に小原忠義といった布陣だ。

素早い挙動は喧嘩慣れしたものを思わせる。こやつら、吉原ばかりではない、腕に任せて所々方々《しょしょほうぼう》で強請《ゆすり》たかりを繰り返してきた連中だ。

「おめえは四郎兵衛会所の用心棒かえ」

繁千代がのんびりした声をかけた。

「会所裏同心神守幹次郎」

「裏同心だと、ふざけやがって！」

叫んだのは弓野権三だ。

「死にやがれ！」

が、疾風《はやて》の勢いで突っ込んできたのは権三の後方、山谷堀側に控えていた川野参五郎だ。

幹次郎はまだ木剣をだらりと垂らした姿勢で立っていた。

迎撃。

幹次郎は川野の動きに見せかけを感じた。

腰を沈めた。

顔だけを突進してくる川野に向けた。

その瞬間、茶屋側に控えていた小原が背を丸めて突きの構えで突っ込んできた。

幹次郎は視線を川野に向けたまま、木剣を振るった。

眼志流浪返し。

鋭く弧を描いた木剣の線上に小原の体が入り込んできて、切っ先が幹次郎の鬢《びん》を掠《かす》め、その直後、木剣が小原の胴を叩いた。

脇腹の骨が折れる音が不気味に響いた。

ぐわわっ！

地面に倒れ込む小原をそのままに虚空を流れた木剣が伸びて、川野の胸部から肩口を襲った。

川野は宙に身を躍らせて転がった。土手下に落下したときには失神して身動きひとつできなかった。

「糞っ！」

弓野権三が正面から突っ込んできた。

幹次郎は山谷堀へ走り下りていく。

「逃げるでない！」

権三は幹次郎が逃げたと勘違いして土手下へ突進した。

「権三！」

繁千代が警戒の声を上げた。

土手下まで駆け下りた幹次郎はくるりと反転した。

「そなたは脇腹の骨では済まされぬ。生涯悪さができぬようにしてやろうか」

木剣が高々と構え直された。

間合は三間（約五・五メートル）。

「抜かすな！」

弓野権三は剣を右肩に担ぐように構えて突進してきた。

「きええっ！」

肚から絞り出された気合は怪鳥の鳴き声のように夜空を慄わせた。

幹次郎はその場で飛び上がり、突進してくる弓野の肩口に木剣を振り下ろした。

走り寄りながら振るわれる剣と虚空に身を置いて振り下ろされる木剣の速度がまるで違った。

弓野権三の剣がまだ移動の最中にあるとき、幹次郎の木剣は肩口から上腕を痛打して弓野の上腕骨を粉砕《ふんさい》した。

「げえっ！」

弓野が地面に転がって呻いた。

土手八丁に立つ竹越繁千代が無言のままに土手を下ってきた。

「奇怪な田舎剣法じゃな」

薩摩の示現流を竹越は知らなかった。

「貫心流を遣うそうな」

「倉持のじい様から聞いたか」

「そなた、吉原を甘く見過ぎたな」

山谷堀の岸辺で竹越繁千代と神守幹次郎は一間半（約二・七メートル）の間を置いて対決した。

幹次郎は赤樫の木剣を捨てた。

「田舎剣法とくと見ようか」

繁千代は両の足を前後に開いてわずかに腰を沈めた。

刀の柄に手を置いた。

「抜け！」

と繁千代が幹次郎に命じた。

幹次郎は両手をだらりと垂らしたまま、静かに立っていた。

「なぜ抜かぬ」

とふたたび問い質した繁千代の顔に驚きの表情が浮かんだ。

「おめえも居合を遣うか」

呟くように漏らした繁千代は口を閉ざした。

吉原から奉公先のお店《たな》に戻ろうとする遊客が土手下の対決に気がつくことなく通り過ぎていった。

時が流れて、東空が白み始めた。

山谷堀の水面から朝靄《あさもや》が這い上がってきて、対決者の下半身を覆い隠した。

居合は鞘《さや》の中で勝負を決する。

機を読むことで生死が分かれる。

竹越繁千代の蒼白の顔が微光に浮かんだ。

血走った双眸《そうぼう》に朱が滲《にじ》んでいる。

幹次郎は無念無想に立っていた。

時が味方するのは吉原の裏同心、神守幹次郎のほうだ。

土手八丁に駕籠屋の掛け声が響いた。

風に靄が流れた。

繁千代が走ったのはまさにその瞬間だ。

背を丸めて剣を抜き上げるように遣いながら、幹次郎の胸に飛び込んできた。

幹次郎の左手が鞘元を押さえて右手で無銘の長剣を抜き上げた。

光と光が絡んで火花が散った。

ふたりは絡み合った剣を支点にくるりと立つ位置を変えた。

鍔競《つばぜ》り合いを嫌ったのは繁千代だ。

一歩飛び下がると剣を正眼《せいがん》につけた。

ふわりと靄が立ち昇って幹次郎の顔を覆った。

靄を切り裂いて繁千代の切っ先が幹次郎の首筋に伸びてきた。

そのとき、幹次郎の長剣は左腰に横たえて構えられていた。

剣が剣を刎《は》ねた。

虚空に上がった繁千代の剣が幹次郎の肩口を袈裟《けさ》に襲おうとした。

まさにその瞬間、幹次郎が満を持して、老師匠小早川彦内直伝の眼志流浪返しを放った。

光が弧を描いて、繁千代の双眸を真一文字に斬り裂いた。

血が飛んだ。

繁千代の袈裟懸けが無益にも幹次郎の肩口を流れ落ちた。

よろよろと前方に走った竹越繁千代が向き直った。

「糞っ！」

繁千代の口から絶望の悲鳴が上がった。

「女郎を食い物にした所業、許せぬ。そなたは女の哀しみを一生背負って生きていけ」

幹次郎の声に向かって、光を失った竹越繁千代が突進してきた。

幹次郎は繁千代の剣を持つ右手首を斬撃した。

刀を持ったまま手首が虚空に舞って山谷堀に落ちていった。

均衡を崩した繁千代は、靄が這い流れる岸辺に頭から突っ込んで失神した。

懐から転がり出た布包みから短筒が現われた。

幹次郎は靄がざわめく光景を眺めていたが、足先で短筒を山谷堀に蹴り込んだ。

「壮絶な戦いにございましたな」

四郎兵衛の声が山谷堀に浮かべた舟から聞こえ、仙右衛門らが岸に飛ぶと後始末を始めた。

失神した四人の者たちが舟に乗せられ、四郎兵衛が幹次郎の傍らに上がってきた。

隅田川に向かって漕ぎ出された会所の舟をふたりが見送っていると、朝の光がゆっくりと差してきた。

「四郎兵衛様、長屋に戻ります」

「おお、そうしなされ。汀女様の懐にお戻りなされ」

七代目頭取の声を背に聞いて、幹次郎は土手八丁に上がっていった。

千住弥五郎新田では長吉が二日目の朝を迎えようとしていた。

まだ一帯を薄闇が覆っていたが、すでに農家では一日が始まろうとしていた。

小作の藁《わら》屋根からも炊煙が昨朝のように立ち昇っていた。

「兄い、代わるぜ」

能楽寺の塒からやってきた光助が長吉に言った。

長吉の傍らに座った光助が、

「見張りってのはいつまで続くのかねえ」

「光助、おれがおめえに頼んだわけじゃねえ。嫌ならやめて、千住の牛太郎に戻りねえな」

「いや、そんな魂胆《こんたん》じゃねえよ。ただいつまで続くかなと思ってよ」

「見張りにいつまでなんて刻限なんぞあるものか。いちたちが尻を割るか、こっちが諦めるかの勝負だ」

「へえ」

「しっかりやりな」

長吉が立ち上がった。


幹次郎は四郎兵衛にそう言われたからではないが、汀女の胸に抱かれるように眠りに就こうとしていた。

だが、闘争の、興奮の余韻《よいん》がなかなか鎮《しず》まろうとはしなかった。

「幹どの、眠れませぬか」

幹次郎は汀女の襟元からたおやかな乳房に手を差しのべた。

「やわらかいな、姉様の乳房は」

「おお、これ、そんな悪さを……」

「姉様、だれのものか」

「私のものじゃ」

「違う、それがしのものじゃ」

「そう、幹どののものに決まっておる」

「そうじゃ、豊後竹田のお長屋に住まいしていた折りから、姉様はそれがしのものじゃ。それがしはいつもいつも姉様のことを思い浮かべて大きゅうなった」

「私にはこうしてふたりが添い寝していることが不思議でならぬ」

「不思議なものか、姉様はそれがしのものじゃ」

年下の幹次郎が繰《く》り言のように言うと汀女の胸を押し広げた。

「あれっ！」

幹次郎は口を乳房に寄せた。舌先で愛らしい乳頭を愛撫した。

「幹どの、さような……」

「それがしのものじゃ」

幹次郎は汀女の乳房から乳房へ、そしてゆっくりとしなやかな腹部へと舌先を這わせた。

「な、なんと幹どの……」

汀女の喘ぐ声が幹次郎をさらに刺激した。

脳髄《のうずい》に刻まれていた血の匂いと死闘の光景が薄れ、汀女のたおやかな体が幹次郎の頭を支配した。

幹次郎は汀女の寝間着を剝ぐと自らも真っ裸になり、汀女の豊かな茂みに興奮したものを埋めていった。

「あ、そのようなことを」

「姉様」

「み、幹どの……」

汀女の爪が幹次郎の背の肉に立った。

「よいな、死のときまでふたりは一緒じゃ」

ふたりは欲望の淵の中でお互いの体に安息を感じ取っていた。

第三章　刺客走る

一

陰暦八月十五日は月見。吉原は客で賑わう紋日だった。

この朝、神守幹次郎と番方の仙右衛門は、大門で七つの刻限に待ち合わせをして、四谷《よつや》御門を目指した。

ふたりとも旅仕度である。

香瀬川太夫が失踪した事件は、吉原内にいると考えられた手引きの者をなかなか洗い出せずにいた。ともかく太夫が消えて十五日、どう考えても太夫が廓外に出たことだけは確かだ。

会所で四郎兵衛、仙右衛門それに幹次郎の三人で会合を持ったのは昨日のことだ。

「三月半前にいなくなった市川のほうも動きがない。香瀬川が吉原の外に出たとしてもすぐに在所に戻ることなどあるまい」

「四郎兵衛様、春駒、元の名ははるの在所は下谷保村だ、ここ最近は様子を見に行っていません。この際、確かめてみてはいかがでございますか」

仙右衛門が提案した。

吉原から下谷保村までは、片道、健脚の者でも一日がかりの行程だ。なかなか様子を見に行くことができなかった。

そこで府中宿《ふちゅうしゅく》の御用《ごよう》聞《き》き、烏森《うもり》の伝兵衛《でんべえ》に頼んで時折り見廻りに行ってもらっていた。だが、このところ烏森の親分からも連絡《つなぎ》が途絶えていた。

「そうですな、どこも手詰まりだ。この際、足を延ばしてみますか」

四郎兵衛が言い、

「番方、おまえさんが行くとして、神守様をお連れしてはどうかな。千住の弥五郎新田でも切っ掛けを摑みなさったのは神守様ですからな」

「神守様がご一緒なら心強い」

仙右衛門が言い、ふたりの下谷保村行が決まった。

日本橋《にほんばし》から数寄屋橋《すきやばし》御門外を桜田堀《さくらだぼり》沿いに上がって、半蔵《はんぞう》御門から麴町《こうじまち》を通って四谷御門へと抜けた。四谷大通りから大木戸を潜って、新宿追分《しんじゅくおいわけ》で甲州道中と青梅《おうめ》街道のふたつに分かれる。

内藤新駅《ないとうしんえき》、あるいは内藤新宿と呼ばれるようになった新宿は江戸四宿のひとつ、日本橋から高井戸《たかいど》宿の四里（約十六キロ）はあまりにも離れ過ぎているというので元禄十一年（一六九八）に設けられ、甲州道中の起点として定められた。

内藤は信濃高遠《しなのたかとお》藩内藤駿河守《するがのかみ》の下《しも》屋敷があったことからこう駅名をつけて呼ばれるようになった。

宿場女郎屋が数多く軒を連ねていたが今は朝、旅籠の奥から味噌汁の匂いが漂い流れてきた。

「ちょいと早いが朝めしを食っていきましょうか」

仙右衛門が立て場近く、仲町《なかちょう》のめし屋に幹次郎を連れていった。

「おや、これは番方さん。旅仕度だが御用かえ」

めし屋の老爺が仙右衛門の顔を見ると声をかけてきた。

「父つぁん、元気そうでなによりだ」

「元気だけが取り柄だ。四郎兵衛様も堅固かえ」

「あちらも老いてますます盛んだ」

「なによりなにより……」

老人が台所に引っ込んだ。

吉原は唯一の御免《ごめん》（幕府公認）の色里《いろざと》、里に出入りした者らの人脈が方々に散っていた。

「昔、土地《ところ》の飯盛女が吉原に売られてきましてね、揉めたことがありました。そんとき、弐三《にぞう》じいが間に入って動いてくれましてね、それ以来の付き合いなんですよ」

今はめし屋の主だが、昔は宿場で鳴らした顔だという。

その老爺が鰯《いわし》の丸干しに大根おろし、金時豆《きんときまめ》の煮物、豆腐の味噌汁に麦飯を並べた折敷《おしき》を運んできた。

「吉原の衆には口に合うめえが、めしと汁だけはいくらでもある」

「なんの、贅沢を言うものか」

ふたりは熱々の味噌汁で麦飯を二杯ずつ食べた。

「どちらまで行かれるね」

晴れそうな気配の空を見上げた弐三じいが仙右衛門に訊く。

「甲州道中の下谷保村までだ」

「そりゃあっち泊まりだねえ。気をつけてお行きなせえよ」

弐三じいに見送られてふたりはふたたび往還に出た。

玉川上水《たまがわじょうすい》のせせらぎの音を左に聞きながら、まずは高井戸宿を目指す。

「番方、先日の竹越繁千代らの始末、どうなされた」

幹次郎が訊いたのは旅の空に出た解放感からだ。

「どこぞに放り出そうとも考えましたがねえ、つい情けをかけてしまいました。ええ、吉原と繋がりのある医師のところに運んでねえ、治療だけは受けさせましたよ」

「それは物入りであったな」

「竹越繁千代は目が見えなくなって片手を失った。怪我が治っても、もはや悪さはできますまいよ」

苦笑いした番方は、

「神守様らしくもねえやり方だと四郎兵衛様が頭を捻っておいでてでしたぜ」

と言った。

うーん、と答えた幹次郎も、

「怒りが込み上げてきてな」

「竹越らが呑み食いした代金が鈴音の借財として残ることを理不尽と思われましたか」

番方はずばりと幹次郎のもやもやしていた胸の内をついてきた。

幹次郎は答えられなかった。

「神守様、きれいごとを言っても吉原は女郎衆の生き血を吸って生きていく里です。楼主も茶屋も台屋も会所もみんな女の血と涙の上に成り立っているんだ。あんとき、神守様が鈴音の気持ちを代弁なすった……聞いていてぐさりと胸に突き刺さりましたぜ」

「会所の厚意で生きるそれがしも一緒だ」

「神守様、吉原の男は皆、女郎衆の働きで食っている。だからこそ、里にいるときだけでも女郎衆には見栄と意地を張らせたい。そんな女郎たちに安直な生き方を唆《そそのか》す野郎が許せねえ」

仙右衛門の怒りは今度の失踪事件に移っていた。

街道を天秤《てんびん》に竹籠を提げて内藤新宿に走っていく男たちと擦《す》れ違った。

「鮎《あゆ》かつぎですよ。玉川の鮎を内藤新宿に運んでいくんです」

「鮎か」

「鮎は生きのよさが命、夜明け前に十里（約三十九キロ）を一気に走って新宿の鮎問屋に届けるんですよ」

仙右衛門は旅の風物をいろいろと幹次郎に話してくれた。

「それがしと姉様は長いこと諸国を放浪したが、追っ手から逃げ回る旅、事物をゆっくり見る暇などなかったな」

「それは仕方のないことで……」

「旅がこれほどのんびりなものとは初めて感じた」

「わっしらも鉄漿溝と黒板塀で囲まれた里にいましょう。こうして旅に出ると浮き浮きするのを抑えられない」

仙右衛門も笑った。

そんな話をしながらもふたりの足は休むことはない。

高井戸宿を過ぎ、昼めしに布田《ふだ》で昼餉《ひるげ》を食した以外足を止めることなく、国府《こくふ》のあった府中宿に夕暮れ前に到着していた。ふたりは大国魂《おおくにたま》神社の参道を突っ切って進んだ。

鬱蒼《うっそう》とした杉林が薄闇に沈んで、社《やしろ》が厳《おごそ》かに見えた。

「この神社の祭りは町内ことごとく灯りを消して御輿《みこし》を迎えるんで暗闇祭りの異名がありましてね、江戸でも有名な祭りですよ」

そう幹次郎に説明した仙右衛門の足が街道を折れて、提灯を点した家の前で止まった。

提灯には、
御用烏森の伝兵衛
とあった。

春駒の家を時折り見張ることを頼まれた御用聞きの親分の家だ。

「ごめんなすって」

仙右衛門の声に手先か、若い衆が玄関先に出てきた。

「わっしらは江戸浅草裏吉原の四郎兵衛会所の番方仙右衛門と連れの者にございます。伝兵衛親分がおられましたら、お目にかかりたくて参上しました」

「親分かい」

間延びした声が応じ、

「寄り合いに行ってらあ」

と留守を告げた。

「ならば、どなたか下谷保村のはるの一件を知っているお身内衆はおられませぬか」

「ああ、おらが知ってらあ」

と答えたのは当の相手だ。

「兄さんが承知か」

苛《いら》ついた風の仙右衛門が畳みかけた。

「おはるはまだ家に戻っていねえ」

「いませんかえ」

「いねえよ。ただな……」

手先は茫洋《ぼうよう》とした視線を天井辺りに向け、

「近ごろおはるのおっ母さんの元気がないや」

と言った。

仙右衛門は幹次郎の顔を振り向き、目顔で、

(これじゃあ、埒《らち》が明かない。行きましょうか)

と訊いてきた。

幹次郎は頷いた。

「兄い、世話になったな。明日にでもまた顔を出そう」

仙右衛門はそう言い残すと、烏森の親分の家の外に出た。

すでに神社の森は黒く沈んでいた。

「烏森ってのはねえ、玉川に棲《す》んでいる烏から取った名だって話だが、なんだかのんびりし過ぎてますぜ」

と苦笑いした。

ふたりはふたたび街道沿いの宿場に出ていた。

旅籠の客引きが、

「客人、もう日野《ひの》の渡しの刻限は過ぎてるよ。うちに泊まってよ、明日早発《はやだ》ちしてくらっせえよ」

と声をかけてきた。

仙右衛門は足を止めた。

「神守様は千住では野宿でしたねえ。谷保外れで野宿もなんだ。今晩は府中宿に泊まりましょうか」

「おはるの家はどうするな」

「田舎のことだ、どこも早寝して話も聞けますまい。それより明日早くに訪ねてみましょうか」

と言った仙右衛門は、

「他の客との相部屋はなしだぜ」

と客引きに釘を刺した。

「今晩は客も少ねえよ。おめえさん方ふたりで一部屋のうのうと寝なせえよ。それともふたつ部屋取ってよ、きれいな姉さんでも呼ぶかえ」

「女は食傷《しよくしよう》してんだ、お断りだ」

「銭のねえ旅人はみんなそう言うな」

客引きが案内したのは武蔵屋《むさしや》という二階建ての旅籠だった。

「いらっしゃい」

濯《すす》ぎの水をもらって足を洗ったふたりは二階の、街道を見下ろす部屋に案内された。

十二畳の立派な部屋だ。

「ねえさん、暗闇祭りにゃあ、客でごった返そうな」

「ごった返すなんてもんじゃありませんよ。めしも立って食うほどだ」

「そりゃ難儀だ」

「難儀なものか、それが楽しみで毎年来られる祭り見物の衆もいらあ。おまえさん方、風呂にするかえ、めしにするかえ」

「ひと汗流すのが先だ」

仙右衛門が応じて、階下の風呂場へ案内された。

吉原から府中まで一日の行程としては長い十三里（約五十一キロ）ほどを歩き通していた。

大きな風呂でふたりはのんびりと手足を伸ばして、疲れを取った。

幹次郎が目つきの鋭い町人がひとり交じった浪人者の一団を初めて見たのは、風呂場から二階の部屋に戻ったときだ。

街道を見下ろす部屋の障子を開けて手摺《てすり》に手拭いをかけた。

ちょうど通りかかった六人連れは武蔵屋の前を足早に通り過ぎようとしていた。

道中合羽《どうちゆうがっぱ》に三度笠を被った中年の男の視線が幹次郎に投げられたが、すぐに外された。

浪人たちはこちらに全く関心を示さなかった。

「お待ちどおさんです」

部屋に膳部《ぜんぶ》が運ばれてきた。

「ねえさん、いい湯だったぜ」

仙右衛門も戻ってきて、

「熱燗《あつかん》の四、五本持ってきてくんな」

と酒を頼んだ。

鮎の塩焼きを肴《さかな》に土地の酒を重ねたふたりはその夜、早寝した。


翌朝の夜明け前、神守幹次郎と番方の仙右衛門は、谷保天神社の本殿の前でお参りをしていた。

谷保天神は言うまでもなく学問の神様菅原道真《すがわらみちざね》の縁《ゆかり》の社、道真公と、その第三子の道武《みちたけ》公をお祀《まつ》りしてあった。また社地より常磐《ときわ》の清水という湧水が湧き出ていることでも知られていた。

下谷保村は府中宿からおよそ一里（約三・九キロ）の距離だ。

ようやく東空がうっすらと白みかけようとする刻限、往還に戻ったふたりはだれぞ土地の人間はおるまいかと探した。すると谷保天神から流れてきた常磐の細流で野菜を洗う女の姿を見つけた。

「おかみさん、馬方の太平《たへい》の家を教えてくれまいか」

「太平さんなら何年も前におっ死《ち》んだだよ」

「そうらしいな、その家に用事だ」

「ならば安楽寺の裏手だよ。竹薮《たけやぶ》に囲まれた藁葺《わらぶ》きだ」

往還の西を指し示した。

「娘のはるさんが江戸に奉公に出ていると聞いたがねえ、近ごろ戻ったそうだな」

「吉原に女郎に売られた者がそうそう帰れるものか」

女ははるが吉原に売られたことを知っていた。

「戻ったと聞いたがねえ」

「戻ったんなら、おっ母さんが病持ちみてえな顔もしてめえ」

女は烏森の手先と同じことを言った。

「ありがとうよ」

ふたりは朝靄を散らすように歩いて、安楽寺の山門前に到達した。

「ここですね」

仙右衛門が指したのは寺領と田圃の間に延びる野良道だ。

「これから訪ねてみるか」

幹次郎は仙右衛門に訊いた。

「まずは家の周りの様子を見てみましょうか」

野良道を行くと安楽寺の裏手は竹藪になっていた。

ざわめく竹の葉蔭に一軒の農家が見えた。

「あそこじゃな」

竹林越しに眺めていた幹次郎の胸が騒いだ。

「番方、ちと様子がおかしくはないか」

「どういうことで」

「どこの家も起きておるぞ。じゃが、はるの家からは炊事の煙も立っておらぬ」

仙右衛門が幹次郎の顔をちらりと見て、視線を農家に戻した。

「人の気配もありませんね、たしかに奇妙だ」

ふたりは竹藪の小道を家のほうに歩いていった。

鶏の鳴き声が家の裏手から響いた。

庭先に入ると表戸が開きっ放しだった。

「もし、御免なすって」

仙右衛門が戸口に立って、人の気配のない屋内に声をかけた。

「番方、血の臭《にお》いがする」

幹次郎の指摘に仙右衛門が敷居を跨いだ。

幹次郎も続く。

暗闇の血の臭いは濃くなってふたりの鼻孔をついた。

薄暗い三和土を用心した足取りで奥へ進んだ。

台所に異様な気配があった。が、暗くて見えない。

「番方、戸を開けよう」

幹次郎は裏口の戸を、続いて壁に切り込まれた格子戸を開けた。すると光が囲《い》炉《ろ》裏端《りばた》に差し込んだ。

血塗《まみ》れになった男と女が上がり框《がまち》に倒れていた。

「なんてこった……」

仙右衛門が呟いた。

幹次郎は初老の女の傍らに膝をつき、胸と腹部の傷口を確かめた。

（だれに襲われたか）

はるの弟か、もうひとりの男は若かった。

首筋を刎《は》ね斬られていた。

「だれがこんなことを……」

仙右衛門が草鞋《わらじ》のまま、囲炉裏端から奥座敷に上がり込んだ。

「糞っ！」

激しい驚きの声が漏れて、

「こっちに三人だ。神守様、家の者ら、皆殺しですぜ」

と叫んだ。

「昨晩のことだな」

「わっしらの来たことと関わりがございますかね」

「番方、そう見たほうがいい」

仙右衛門はしばらく考えていたが、

「こいつは烏森の伝兵衛に知らせたほうがよさそうだ」

と幹次郎の意見を求めるように顔を見た。

「われらのことは伝兵衛の手先も知っておれば、先ほどの百姓女も知っておる。土地の代官所《だいかんしょ》に届けたほうが面倒は少なかろう」

「そうですね、わしらは行方を絶ったはるのことを問い合わせに来たと言えば済むことだ。神守様、わっしがだれぞ使いを頼んできましょう」

仙右衛門が戸口から小走りに出ていった。

三和土に立っていた幹次郎は、草鞋を脱ぐと屋内に上がった。

二

府中の御用聞き、烏森の伝兵衛が土地の代官所の手付《てつけ》・手代《てだい》、小者らと駆けつけたとき、幹次郎らが凶行を発見してから一刻が過ぎていた。

神守幹次郎は庭先の日溜まりに立っていた。

「待たせましたな」

連絡に行った仙右衛門が一行から離れて幹次郎の傍らに来た。

「家の中は発見したときのままだな」

若い手代が横柄《おうへい》な態度で仙右衛門らに訊いた。

「まあ、ごらんなさい。手などつけられるもんじゃありませんぜ」

仙右衛門の答えに、手代や伝兵衛らが母親と弟妹の五人が惨殺《ざんさつ》された屋内に怖る怖る入り込んだ。しばしの沈黙の後、凄い悲鳴が起こった。

ひとしきりざわついた調べがあった。

「親兄弟皆殺しなんて、ここいらじゃ滅多にあることじゃありませんや。どうしていいか、おたおたしてますぜ」

「番方、われらはどうするな」

「埒もねえ調べに付き合っても仕方がありますまい」

そう答えたとき、中年の手付と鳥森の伝兵衛が顔を出した。

「ひでえな」

「だれがこんなことを……」

庭先で鳥森の若い手先が吐き始めた。

「鳥森の、おれたちは吉原に引き上げたいのじゃがな」

「馬鹿言っちゃいけねえ。おめえらが見つけたんだぜ」

「だから、すぐに届けたじゃねえか。こっちの事情はおめえさんも承知のはずだ。おれたちは府中の武蔵屋に泊まって、朝、出てきた……事件にゃ関わりねえよ」

「そうは言っても目処《めど》が立つまで待ってくんな」

伝兵衛は役人の手前、言い張った。

「島村《しまむら》様、吉原から姿を消したはるのことについちゃ、わっしも会所から頼まれておりましてね」

伝兵衛が手付の顔を見た。動揺の様子を顔に残した中年の手付が、

「そなたは吉原と関わりの者か」

と幹次郎に訊いてきた。

「吉原もいろいろと揉めごとがありましてねえ、四郎兵衛会所がお頼みしている神守幹次郎様だ」

仙右衛門が幹次郎の身分を曖昧《あいまい》に説明した。

「用心棒を同行したというのはなにか考えがあってのことか」

「いやさ、会所じゃここんとこ手が足りなくてね、二本差しの旦那にお願いしただけのことですよ」

島村と伝兵衛に呼ばれた手付が幹次郎の顔を正視して、

「お手前の差し料を拝見したい」

と言い出した。

「冗談を言っちゃいけねえぜ、お役人。こっちは親切にも変事を知らせた者だぜ。それを疑うのかえ」

「念のためじゃ」

「番方、それがしはかまわぬ」

幹次郎は鞘ごと腰から外して役人に渡した。

「拝見致す」

虚空に長剣を抜いて光に翳した役人が、

「空恐ろしい豪刀ですな」

と嘆息した。

竹越繁千代らとの戦いの後、幹次郎は無銘《むめい》の剣を研ぎに出していた。

血曇りひとつしていない。

が、中年の役人は豊後国行平と見られる剣が重ねてきた戦いの跡を直感的に見分けていた。

「失礼致した。ともかくな、そなたらは凶行の発見者だ。すぐに江戸に引き取らせるわけにはいかぬ」

「番方、お役人どのもお困りの様子だ。ならばどうかな、もう一晩武蔵屋に泊まることにして、お調べが済むのを宿にて待つというのは」

幹次郎の提案に仙右衛門が、

「わっしら、はるを見つける仕事を命じられているんですぜ。そうのんびりもできませんよ」

とわざと不満を言い立てた。

島村が、

「ともかく一度話を聞かせてくれねば困る。武蔵屋で待ってはくれぬか」

と幹次郎の提案を促した。

「仕方がねえな。はるは見つからねえ、戻りは遅れる。四郎兵衛様に大目玉だ」

とぼやいてみせた仙右衛門が、渋々府中逗留《とうりゅう》に応じた。

「島村様、親分!」

家の中から手先が呼ぶ声がして、島村と伝兵衛が現場に戻った。

仙右衛門と幹次郎は血に染まったはるの家を後にした。

竹藪を出た仙右衛門が、

「なんぞ考えがありますんで」

「番方、国分寺村《こくぶんじむら》はそう遠くないそうじゃな」

「せいぜい一里って見当でございましょう」

「番方が知らせに走った後、家の内外を何度も調べた。死体ははるの母親と弟妹の五人しか見つからぬ。ところがこの家の子供はな、長女のはるを入れて六人、もうひとり足りぬ勘定だ。安楽寺の小僧に聞いて分かった……」

「ほほう」

「はるのすぐ下の弟の孝之助《こうのすけ》は、去年の夏から国分寺村の炭窯《すみがま》に住み込み奉公に出ているそうだ」

「道理でな、神守様が役人の言い分に荷担《かたん》なさるわけだ」

ふたりは谷保天神社の境内を突っ切って、畑の中の道を東に戻り、国分寺街道に出た。

国分寺に近づくと田圃で百姓衆が稗《ひえ》を刈り取っていた。

雀《すずめ》が飛び回って穂からこぼれた稗を拾ってついばんでいた。

田圃のあちらこちらに清水が流れて、大きな敷石が点々と見える。

「あれが国分寺の伽藍《がらん》の敷石でございましょうよ。聖《しょう》武《む》帝《てい》の昔、ここいらには大きな伽藍や七重塔が建っていたそうでございます」

仙右衛門が幹次郎に教えてくれた。

「番方はなんでもご存じだ。一緒にいると勉強になる」

「いや、吉原ってところは奇妙な客がいましてねえ、つまらないことを教えてくれるんですすよ」

ふたりは坂道を登りつめ、高台に上がった。

湧き水がこの高台の崖の先から流れ出ていた。

すると、赤ん坊を背負ったばあ様が日差しを浴びながら日向《ひなた》ぼっこをしていた。

「ここいら辺りに恋ケ窪《こいがくぼ》窯なる炭焼きはないか」

幹次郎が安楽寺の小僧に聞いた窯の名を告げると、ばあ様は、

「恋ケ窪窯けえ、甚左衛門《じんざえもん》様の窯だ……」

と言いながら、北の方角を指した。

遠く柿の木に囲まれた辺りから灰色の煙が数筋上がっていた。

昼前、ふたりは国分寺村恋ケ窪の甚左衛門の炭窯に到着していた。

田舎の百姓が兼業で行う炭窯かと考えていたが、どうしてどうして立派な炭窯だった。

広々とした庭先にはたくさんの炭俵が積んであり、その前で江戸から来たらしい炭問屋の番頭と窯元らしい男が話していた。

その傍らでは姉さん被りの女たちが炭俵に焼き上がった炭を詰めていた。さらに庭の奥には饅頭《まんじゆう》のようなかたちをした炭窯がいくつもあって、煤《すす》けた手拭いで頬被りした半裸体の男たちが焼き加減を見ていた。

赤い炎が一瞬幹次郎の脳髄に走った。

むっとした火照《ほて》りが押し寄せてきた。

窯元の旦那が見かけぬ顔の訪問者に視線をくれた。

「なんぞ用事かな」

「忙しいところをすまねえ。わっしは下谷保村から使いで来た者です、こちらに孝之助が働いているそうですね」

仙右衛門が話しかけた。

「孝之助は確かにうちの奉公人ですが、それがなにか」

「おめえ様が主の甚左衛門様で」

「はい、窯元の甚左衛門です」

仙右衛門は江戸から買いつけに来た炭問屋の番頭から甚左衛門を引き離すと、小声で事情を告げた。

「なんですって！」

と目を剝《む》いた旦那は、

「ほんとの話で」

と確認を取った。

「冗談に言えることじゃありませんぜ、旦那」

甚左衛門がじっとふたりを見ていたが、

「孝之助！」

と大声で呼んだ。

藁葺きの小屋からひとりの若者が立ち上がった。

頬被りはしていたが、作業着の裾をからげただけで半裸体ではなかった。手に鋸《のこぎり》を持っているところをみると炭を切り揃えていたようだ。

「旦那、なんか用か」

手拭いを取った顔にも炭がついて、汗が光っていた。整った顔立ちだ。歳のころは十五、六か。

「この方々がおまえに話があるそうだ」

「孝之助さん、すまねえ、ちょいとこっちに来てくんな」

仙右衛門が孝之助を青い実がなった柿の木の下に連れていった。

「おれたちは姉さんのことで、江戸の吉原から来た人間だ」

黙って孝之助が仙右衛門を、そして幹次郎を見た。

かたくなな表情が若い顔に漂った。

「おめえも男だ。いいかえ、わっしがこれから言うことを気をしっかり持って聞いてくんな。冗談や嘘を知らせに来たわけじゃやねえ……」

と断った仙右衛門が事情を話した。

最初警戒の表情で聞いていた孝之助の顔が引きつり、歪《ゆが》んだ。それでも若者は顔色も変えず、泣こうともしなかった。

「おっ母さんが、弟妹たちが殺されたってか。そんな馬鹿な……」

「下谷保村に戻れば分かることだ。こんなことを冗談で言えるものか」

「……そんなことはねえ。おっ母《かあ》も妹たちも元気なはずだ」

孝之助は言い張った。

「いいかえ、よくおれの言うことを聞いてくんな。おれたちが今朝方、おめえの家を訪ねて見つけたことだ。お代官所にもおれが届けてある。おめえのことはこのお侍が安楽寺の小僧に聞いて知ったんだ。今も家では府中の鳥森の親分たちが調べてなさる、こいつは掛け値なしのことだぜ」

瞑目《めいもく》した孝之助が、やがてかっと両眼を見開いた。

「嘘じゃねえな」

「嘘なんかじゃねえ。おれたちは五つの死体をはっきりと見た……」

「……なんてこった」

我慢していた孝之助の緊張がふいに切れた。

「わあああっ……」

という怒号《どごう》のような泣き声が庭じゅうに響いた。

女たちや炭焼き職人たちがこちらを振り向いた。

甚左衛門が何事か説明している。

孝之助は両手で顔を覆うと体じゅうで泣いた。

「好きなだけ泣きねえな」

仙右衛門は辛抱強く孝之助の泣きやむのを待った。

光る青柿《かき》　炭窯の火群《ほむら》　秋景色

幹次郎の頭に浮かんだ。

泣き喚く声がしゃくり上げる声に変わった。

「おめえに訊きてえことがある、いいかえ」

仙右衛門が言い聞かすように言った。

「おめえの姉さんが吉原に身売りしたほどの家だ。五人を殺したのは金目当てや物盗りなんぞじゃあるめえ。こいつはな、姉さんが吉原から姿を消したことに関わりがある……」

「……」

「性根《しょうね》を入れてよく聞くんだ。姉さんはどこにいる、おめえ、知っているな」

孝之助は泣きやんでいた。

仙右衛門の言葉も耳に入っていた。

だが、何も言葉を発しなかった。

「おめえはおっ母さんたちを殺した相手が憎《にく》くはないか、仇《あだ》を討ちたくはないか」

孝之助が拳で涙を拭い、きっとした顔で仙右衛門を見た。

「おっ母を殺した相手は姉ちゃんと関わりがあるのか」

「他になんぞ曰くもなかろう。姉さんの一件しかないとおれたちは見た」

孝之助、と幹次郎が初めて会話に加わった。

「おまえの身内を殺した相手は、生き残っていると知ったら、おまえの命を間違いなく狙うぞ。次は姉さんもだ。それをよく考えることじゃ」

孝之助が幹次郎を正視した。

幹次郎はしっかりと若者の視線を受け止めた。

「おまえさん方は、なぜ仇を討ってくれる、俺を助ける」

「考えてもみねえ、吉原とおめえの敵は一緒だぜ」

孝之助はしばらく沈黙していたが、

「旦那に断ってくる」

と言った。

孝之助が窯元と二言三言言葉を交わすと、着替えにでも行くのか、作業場から離れた藁葺きの家に小走りで走っていった。

「孝之助ははるがどこにいるか承知してますね」

「間違いなく承知していよう。うさん臭い連中が手引きしていたことを知っていたのだ。そうでなければ、こう簡単におれたちの言うことを聞くものか」

「でしょうね」

「まずは下谷保村に孝之助を連れて戻りますかえ」

「家の者らに会わせるのが先じゃな」

ふたりはのどかに立ち昇る窯の煙を見ながら、孝之助が着替えを済ませて出てくるのを待っていた。

時がゆっくりと流れていく。

ふいに仙右衛門が幹次郎の顔を見て、黙ったまま藁葺きの家に走った。

三和土に入ると炭焼き職人たちが寝泊まりする大広間が目に入り、脱ぎ捨てられた孝之助の仕事着が散らばって見えた。

「おい、ばあさん」

台所で昼餉の仕度をしていた老女に仙右衛門が声をかけた。

「孝之助はどうしたね」

「なんだか慌てて着替えをすると裏口から出ていったがね」

「糞っ！」

仙右衛門と幹次郎は裏戸に走った。

「もうだいぶ前のことだ。半里（約二キロ）も先に走っててんべえ」

老女の声がふたりの背を追いかけてきた。

裏は竹藪だ。

風にさわさわと竹葉が鳴った。

「神守様、孝之助の野郎、下谷保村に走り戻ったかねえ」

「下谷保村に戻るのにわれらを避けることもあるまい」

「とすると姉のもとか」

幹次郎は独白する仙右衛門に懐から紙片を出して見せた。

「下谷保村の家の仏壇に隠してあった」

仙右衛門が紙片を受け取ると広げた。

三年のしんぼう　おっ母さんもがまんしてくれ

名はない。

下手な女文字だ。

「紙片の裏を見てくれ」

仙右衛門が裏を返した。

新宿追分屋　名物草餅
と書かれてあった。

草餅の包み紙に文を書いて客かだれかに託したものだろう。

「春駒ですね」

「はるしかかような文を出す者はおるまい」

「春駒は吉原から逃げた後、内藤新宿の飯盛に転売されていたんで……」

「そう読み取れるな」

糞っ！

と仙右衛門が吐き捨てた。

仙右衛門には官許の遊里吉原を出て四宿のひとつの遊里を選んだ春駒の愚かさが許せなかった。

「孝之助は姉のはるに急を知らせに走ったたってわけで」

「それしか考えられぬな」

仙右衛門が無言で頷く。

「それにしても、苦労して足抜させた女の身内をなぜ殺したのか。それに、はるの親兄弟が殺されたということは、千住宿のいちの家にも手が伸びるということかもしれない」

幹次郎の独白には答えず、

「わっしらが訪ねた朝にこんなことが起こったなんて」

「われらの動きを知っている者がいたとしたら……」

幹次郎の呟きに仙右衛門が決断した。

「わっしらも新宿に戻りましょうか」

「府中宿の烏森の伝兵衛親分はどうするな」

「どうせ府中宿でこの事件は解決できませんや」

そう言い放った仙右衛門は内藤新宿を目指して駆けるように歩き出した。

幹次郎も従った。

三

吉原会所の番方仙右衛門と神守幹次郎が内藤新宿に戻りついたのは夕暮れどきだった。

宿場は甲州道中や青梅街道を経て江戸に入ろうとする旅人や荷を運ぶ馬方、江戸から安直な遊びを求めてきた男たちで賑わっていた。

仙右衛門らがまず飛び込んだのは、仲町の弐三父つぁんのめし屋だ。

汗みどろの顔で現われたふたりを見た弐三は、

「おや、昨日とはだいぶ様子が違うね」

と小女《こおんな》にまず水を運ばせた。

ふたりは息もつがずに飲んだ。

「下谷保村でなにかあんなさったか」

「あったどころじゃねえや、父つぁん」

仙右衛門が下谷保村に行った事情から、はるの家を訪ねて、身内五人が殺されていたこと、生き残った弟が話を聞いて姿を消したこと、そして幹次郎が仏壇で見つけた走り書きの文のことなどを告げた。

さらに仙右衛門ははるが書いたと思えるその走り書きを見せた。

「どえらいことが起こったねえ。遊女を足抜させておいて、一家を殺すなんぞは聞いたこともねえ」

武三じいは、文と新宿追分屋の草餅の包み紙を子細に見ていたが、

「仙右衛門さんよ、これだけで春駒が吉原から新宿の遊び場に鞍替《くらが》えさせられた証しとみなせるわけじゃねえが、まずはこの宿場を当たるのが順当な手続きだろうな」

武三は前掛けを外した。

「ここは土地のおれに任せねえ。春駒は名を変えて出ていることは確かだな、お

れがちょいと当たってこようか」

弐三はふたりにしばらく休んでいなせえと言い置いて、夕暮れの宿場に出ていった。

仙右衛門は、小女に硯《すずり》と筆を借りて、四郎兵衛に宛てて文を書いた。起こった事態もさることながら、千住宿のいちの家へ刺客の手が伸びることを心配して、手配りを頼む内容だった。

文を瞬《また》く間に書き上げた仙右衛門は、

「ちょいと飛脚屋に頼んできまさあ」

と店を出ていった。

硯と筆を下げに来た小女が幹次郎に茶を運んできてくれた。

「すまないな」

幹次郎は茶を喫しながら、こたびの騒動を最初から考えてみたが、遊女らが吉原の廓内から外へ抜け出す手口から始まって、手助けした者の正体まで、謎を残したままであるとはっきりしただけだ。

夕暮れがすっかり夜に変わっていた。

めし屋には馬方たちや駕籠屋が数人いるばかりで、旅の者が足を止める刻限ではなかった。

幹次郎は宿場の旅籠や店の軒《のき》行灯におぼろに照らされた街道の往来を見るともなく見ていた。

すると道中合羽の町人と浪人たちの一団が、めし屋の前を足早に大木戸の方角に歩いていった。

幹次郎はどこかで会ったような面々だなとは思った。しかし、街道を往来する者は雑多で擦れ違った旅人たちも数え切れないほどだった。

幹次郎の視界から消えて、そのことを忘れた。

仙右衛門が戻ってきたのはその直後だ。

「父つぁんはまだですかえ」

「まだじゃな」

「内藤新宿といっても近ごろ野放図《のほうず》に広がりやがったからな」

信州高遠《しんしゅうたかとお》藩内藤氏の土地を上地《じょうち》して宿場造りが始まった新駅は、四谷大木戸より下町《しもちょう》、仲町、上町《かみちょう》の三町から成り、甲州道中と玉川上水の間に東西九丁十間（約一キロ）、南北に二丁（約百九メートル）足らずに広がる宿場町だった。

宿場の旅籠は当初二十四軒とそう多いものではなかった。が、やがて遊所《ゆうしょ》の性格を強めて、風紀が大いに乱れた。

そこで、宿場が開設されて二十年後の享保《きょうほう》三年（一七一八）に、幕府は街道の利用者が少ないことと風俗統制を理由に新駅を廃止した。

だが、内藤新宿は五十四年後の明和《めいわ》九年（一七七二）に再興されて、ふたたび賑わいを取り戻すことになる。

幹次郎らが弐三じいを待っていた天明期、遊女を置いた旅籠は優に五十軒を超えていた。

「父つぁんは苦労してるとみえるな」

「遊女の数はどれほどかな」

「吉原と違って四宿の取り締まりは緩やかでしてね、旅籠の他にも曖昧宿《あいまいやど》に女を置いてるところもある。はっきりしたところは分からねえが千人は超えていましょうよ」

と仙右衛門が答えた。

遊里の筆頭、官許の吉原が遊女三千人と誇ったが、四宿のひとつの遊女が千人というのはなかなかのものだ。

「番方、待たしたな」

手ぬぐいで首の汗を拭きながら弐三が戻ってきた。

刻限はすでに五つ（午後八時）を大きく回っていた。

「なんぞ手がかりがあったかえ」

「大《てえ》した魚はひっかからねえや。新宿の旅籠筋も面と向かって吉原と張り合う気はねえ。まず春駒が吉原の足抜女郎と知って抱える旅籠はねえからな」

「そうだろうな」

仙右衛門が頷いた。

「ところがさ、近ごろ江戸の旦那、坊主、旗本衆を相手にちょっと変わった趣向の宿がどこぞ玉川上水の岸辺にできたって話でね、そこは素人《しろうと》風に女を仕立てて遊ばせる寮のようなところらしいや。あるいはと思ってね、おれの知り合いの若い衆を走らせている。番方、動くとしてもそれを待ったほうがいい」

「大いに助かる」

「となれば腹ごしらえしなせえ」

弐三はめし屋の親父に戻って台所に入った。

小女がすぐに酒を運んできた。

「神守様、喉を軽く潤しますかえ」

熱燗が十里余りを駆けてきたふたりの喉に気持ちよく落ちた。二合の酒を分け合って呑み、いかと里芋の煮物にしゃけ汁でめしを食った。府中の武蔵屋で朝餉を食って以来、半日ぶりのめしだ。

ふたりが茶を飲んでいると、

「父つぁん」

と棒縞《ぼうじま》の袷を着流した若者が顔を出した。

「おお、常《つね》、当たりはついたか」

台所から弐三が出てきて、訊いた。

「吉原から鞍替えした女郎かどうか知らねえが、ちょいと年寄りに評判になっている女がいるって隠れ宿は見つけたぜ」

常と呼ばれた男は仙右衛門と幹次郎を気にしながら言った。

「いいだろう、ようやった」

弐三が言い、

「番方、常太郎《つねたろう》は新宿の湯屋の三助《さんすけ》だった男だがねえ、女でしくじってぶらぶらしてるのさ。根は悪くねえ、せいぜい使い回してくんな。ひょっとしたらひょっとするぜ」

助かった、と礼を言った仙右衛門が用意していた紙包みを弐三の手に渡した。

「うまくいきゃあ、四郎兵衛様から改めて礼がいかあ。こいつはほんの汗かき代だ」

「遠慮なく頂戴しよう。今晩、泊まるようなら戸を叩いてくんな。おめえさんらが震えねえ程度の夜具はあらあ」

「そんときゃあ、世話になるぜ」

仲町の通りに出たとき、天龍寺《てんりゅうじ》で打ち出す四つ（午後十時）の鐘が鳴った。

「隠れ宿は遠いかえ」

「上水を渡った向こう岸だ」

常太郎はひょいひょいと肩を上下させて歩いていく。

「常兄い、その隠れ宿はいつできたえ」

仙右衛門が訊いた。

「去年の暮れだったかね。ここいらは御家人《ごけにん》なんぞの屋敷が多いところでね、大きな声じゃあ言えねえが、銭に困ってる奥方やご新造《しんぞ》はごろごろいらあな。そんな女を集めてよ、並の遊びに飽きた江戸の旦那衆なんぞに声をかけたらしいが、素人は素人だ。木偶《でく》の坊を抱いてるんじゃねえってんで、客が集まらねえ。そこでさ、どこぞの知恵者が玄人女《くろうと》を素人女に仕立てて、遊びの趣向を変えたところ、当たったって話だ。もっともおれっちみてえな、空穴《からっけつ》にはかかわりねえがね」

「夜見世だけかえ」

「いや、近ごろは侍が昼間に顔を出すそうで、昼夜繁盛していらあ」

「隠れ宿の主はだれだえ」

それが……と頭を捻った。

「いやさ、宿主《やどぬし》は四谷生まれの八五郎《はちごろう》って四十男ですがね、どう考えてもこいつが隠れ宿を造り、女を集める金を持っていたとは思えねえ」

「宿場で噂にもなってねえか」

「噂はあるにはある。それがちょいと信じられねえ」

「言ってみねえな」

「八王子《はちおうじ》辺りで織られる絹物なんぞを一手に引き受けている四谷の呉服問屋の五《ご》彩屋美右衛門《さいやよしえもん》様が銭を出しているって話なんで」

五彩屋は江戸近郊の織元、機屋《はたや》と直《じか》に取引して急にのし上がってきた人物で江戸でもその名が知られるようになっていた。

「五彩屋の旦那は祭りになれば真っ先に寄付はなさる、それもだれよりも金高《きんだか》が大きいや。そんな旦那が女郎屋の隠れ宿主なんてねえ」

常太郎はそう言いながら玉川上水に架かった土橋を渡った。

三人の足下から水音が響いてくる。

急に闇が深さを増した。

御家人屋敷の間を南に向かっていることは分かったが、幹次郎にはどこを通っているのか分からない。

ふいに屋敷が途切れて、冷たい風が頰を撫でた。

ふたたび細流を越えた。

「ここから千駄ケ谷村《せんだがやむら》だ」

と言った常太郎が前方を指した。

竹藪の間から灯りがちらちらと見えた。

「あれが粋な遊びができるっていう宿だ。表向きには江戸の駿河町《するがちょう》のなんとか屋の寮ってことになってますがね」

三人が灯りに吸い寄せられるように歩いていくと、駕籠が竹藪から出てきた。

「常兄い、隠れるぜ」

仙右衛門の合図に常太郎と幹次郎は土手下に身を屈めた。

通り過ぎていった駕籠は空《から》駕籠のようだ。

常太郎が立ち上がろうとする腰帯を幹次郎がぐいっと掴んだ。

「先客がいるようじゃ、ここから様子を見ようか」

半丁(約五十五メートル)も先の竹藪からひとつの影が出てきた。

「孝之助ですぜ」

「はるが売られた先はこの隠れ宿ということか」

「常兄い、世話になったな」

仙右衛門が懐から財布を出して二分金を常太郎に渡した。

「なんぞ用事はないかえ」

常太郎は途中で帰されるのが残念でならないようだ。

「怪我をしてもつまらねえぜ」

「吉原に尻拭いしてもらおうなんて野暮は言わねえぜ。なにより弐三じい様に怒られらあ」

「父つぁんの名を出されちゃ仕方ねえ。邪魔だけはしないでくんな」

「合点《がってん》だ」

幹次郎らは畔下《あぜした》の道を隠れ宿に接近していった。

国分寺村に幹次郎らを置いてきぼりにした孝之助は、隠れ宿の灯りを長いこと見ていた。それから、意を決したように竹垣に沿って、裏手に回り込もうとした。

「小僧、なんぞ用か」

数人の浪人が姿を見せた。

孝之助は慌てて踵《きびす》を返そうとした。が、逃げ道も塞がれていた。

「おめえはだれだ、客とも思えねえな」

幹次郎らの耳に町人らしき者の声が聞こえてきた。

その男は浪人たちから離れて闇の中に紛れるように立っている。

幹次郎がいる場所は孝之助が囲まれた場所からまだ二十数間（約四十メートル）は離れていた。

「姉ちゃんに会いてえ」

孝之助が叫んだ。

「姉ちゃんたあ、だれだ。相談に乗ってもいいぜ」

孝之助が迷ったか、しばらく沈黙した。

「黙ってちゃ、埒もあくめえよ」

「下谷保村のはるだ」

「なにっ！」

町人が叫んだ。

「おまえはだれでえ」

「弟の孝之助だ」

「しまった！　見逃したか」

浪人のひとりが叫び、孝之助が悲鳴を上げた。

「おっ母や妹を殺したのはおめえらか！」

「仕方ねえ、殺《や》ってくだせえ」

闇に潜む町人が命じた。

「なぜおっ母を殺した、弟、妹を殺した」

孝之助が悲痛な問いを発した。

「聞きてえか、冥土《めいど》の土産に聞かせてやらあ。そもそもはるがどこにいるのか、お袋に知らせたのが間違いの因《もと》よ。吉原を足抜させたとき、年季明けまでどこにいるのか親兄弟にも教えねえというのが約束だ。それをはるは破りやがった」

「親が知っていてもいいじゃねえか」

「はるがどこにいるのか知っている者が少ないだけ、足抜の方法がばれねえ寸法だ」

「うちの者はだれも話さねえ」

「吉原会所が嗅ぎ回ってんだよ」

「糞っ！」

孝之助が懐から仕事道具の小刀を出して構えた。

「無駄はよしな」

浪人の輪が縮まった。

幹次郎が畔下から道に飛び上がったのはそのときだ。

「そなたらの所業、許せぬ！」

闇の中の町人が、

「旦那方、吉原の用心棒だ。そいつも一緒に殺《や》ってくだせえ！」

と叫ぶと隠れ宿の中に走り込んでいった。

三人の浪人が幹次郎を迎え撃った。

残るふたりが孝之助に迫る。

「逃げるんだ、孝之助！」

仙右衛門の声に孝之助が思いがけない行動を取った。走り寄ってきた浪人の胸に体当たりすると竹藪に走り込んだ。

幹次郎は一気に浪人らとの間合を詰めると、腰の一剣を抜き打った。

先祖が戦場で倒した騎馬武者から奪ってきた無銘の剣が怒りを呑んで光になった。

八双の構えから振り下ろそうとした浪人の胴を抜くと隣に立つ仲間の胸を斬り上げていた。

闇にどさりどさりと音を立ててふたりが倒れ込んだ。

それを見た後詰めのひとりが立ち竦《すく》んだ。

幹次郎が抜き身を掲げてその頭上に飛んだのはその瞬間だ。

「きえっ！」

怪鳥の鳴き声にも似た気合いが闇を揺らし、豪剣が飛び下りざまに三人目の眉《み》間《けん》に叩きつけられた。

真《ま》っ向《こう》幹《から》竹《たけ》割《わ》り。

浪人が足を竦めたまま、ふたつに割れた。

跳び下りた幹次郎は竹藪に走った。

孝之助が竹垣に追い詰められていた。

その前に仙右衛門が道中差しを抜いて、立ち塞がっていた。

「そなたらの相手は神守幹次郎じゃ」

浪人ふたりがぎくりとして振り向いた。

「仲間はすでに三途《さんず》の川を渡ったわ」

「なんと……」

頭分が凝然となって呻いた。

戦いの場に灯りが接近してきた。

「お侍、灯りがあったほうが始末がしやすかろう」

常太郎が隠れ宿の灯りを手に提げて走ってきた。

「冥土に旅立つ者に光などいるまいが、この世の灯りがどんなものか覚えておけ」

常太郎の提灯の灯りが浪人たちの顔を照らした。

「そなたらは府中宿で見かけた顔じゃな」

幹次郎は驚きの声を上げた。

「神守様、こやつらと会ったことがあるんで」

「武蔵屋の二階から手拭いを干しておるとき、街道を足早に通り過ぎていったのを見たわ」

「なんと……」

「それに先ほど弐三の店の前を通っていったのもこやつら」

「驚きましたな」

頭分が体勢を立て直すと幹次郎に向き合った。

もうひとりは仙右衛門に狙いを絞っていた。

幹次郎は竹林の向こうに身を隠して、突きの構えを見せた相手に上段で応じた。

なかなかの遣い手だ。

間合は一間（約一・八メートル）。

常太郎の持つ灯りが風に揺れた。

太い竹の陰に身を隠した頭分の顔がちらちらと見え隠れする。

「そなたが参らぬならこちらから行く」

幹次郎は宣告すると腰を沈め、膝を曲げ、力を溜めた。

その動きに誘われたように必殺の突きが襲ってきた。

「きええっ！」

ふたたび薩摩示現流の特異な気合が内藤新宿外れに響いた。

幹次郎の体が天空に伸びた竹に沿って舞い上がり、上段に構えられていた剣が唸《うな》りを生じて弧を描いた。

竹が斜めに切り割られ、突きの姿勢で突進してきた頭分の眉間を立ち割った。

ぐえっ！

幹次郎の気合いと負けず劣らずの悲鳴が響いて頭分は竹林の地面に突っ伏した。

幹次郎は竹笹の上にふわりと下りた。

独り生き残った浪人は踵を返して逃げようとした。

「逃げるんじゃねえ！」

仙右衛門が果敢《かかん》な動きを示した。

道中差しを腰に溜めて体ごと突っ込んだ。

その切っ先が腹部から胸を貫き、刺さった。

「番方、見事じゃ！」

幹次郎が褒《ほ》めた。

仙右衛門が肩で浪人の体を押しやると道中差しを抜いて言った。

「神守様に怯えやがった。わっしの力ばかりじゃねえや」

「すげえ！」

と嘆声を上げたのは常太郎だ。

幹次郎は辺りを見廻し、孝之助の姿がないことに気がついた。

「はるのところですぜ」

「どうするな」

「こうなりゃあ、遠慮もいらねえや、踏み込みますぜ」

仙右衛門は肚を決め、

「常太郎、吉原に突っ走ってくんな。おめえが見たことを四郎兵衛会所に知らせるんだ」

と湯屋をしくじったという元三助に命じた。

「なにっ、吉原の大門を潜れってか、合点承知だ」

灯りを仙右衛門の手に押しつけた常太郎は竹藪を飛び出していった。

四

隠れ宿の奥から孝之助の泣き声が響いてきて、怒鳴り声が重なった。

「てめえはうちの商売をどうしようってんだ。ただじゃすまないぜ」

表口で神守幹次郎は、無銘の豪刀の血のりを懐紙で拭って鞘に納めた。

仙右衛門も道中差しを鞘に戻していた。

無言のうちに泣き声を頼りに踏み込む。

中庭を囲む廊下を行くと、奥座敷の一間が騒ぎの場だった。

「ごめんよ」

仙右衛門が座敷に入り込んだ。

孝之助が春駒ことはるの血塗れの体を抱いて、

「わあわあ……」

泣いていた。

「おまえさん方はだれでえ、ちっとばかり取り込み中だ。遠慮してくんな」

蚊とんぼのように細い体の四十男の傍らからやくざ風の男が睨んだ。三下《さんした》がその背後に数人いた。隠れ宿の用心棒というわけだ。

仙右衛門はその言葉を無視すると座敷の様子を見廻した。

幹次郎も番方の後方に控えて、血に染まった光景を眺めた。

孝之助が膝に抱いたはるは胸と首筋に傷を負っていた。

幹次郎の目には刺傷が非情にも命を絶つ目的でつけられたものと分かった。

座敷の隅ではどこぞの寺の住職が青い顔をして震えていた。それでもがちがちと鳴る歯で文句を言っている。

「は、八五郎さん、あんたは面倒などないと言ったじゃないか」

「和尚さん、ちょいとばかり暴れ犬が迷い込んできただけだ。今さ、新たな女を和尚さんに引き合わしますって」

「いきなり匕首を持った男が愚僧の敵娼《あいかた》を刺し殺したんだ。さあ、この女でどうぞなんていくものか」

「そうでもございましょうが、酒など呑んで気分を落ち着けたら、その気にもなりまさあ」

隠れ宿の仮の宿主らしい痩せた中年男が坊主に言い、顎を振って、

「愁嘆場《しゅうたんば》をなんとかしてくれませんかね」

と用心棒のやくざ者の兄貴分に命じた。

「四谷の八五郎ってのはおまえさんかえ」

「おまえさん方、まだいなさったか」

八五郎が視線を仙右衛門にやった。

「隠れ宿は今晩かぎりだ。部屋の隅で震えていなさる坊さんも早いとこ姿を消さねえと厄介なことに巻き込まれるぜ」

「おめえはだれだ！」

腰に長脇差《ながどす》を差し込んだ三下やくざが怒鳴った。

仙右衛門はじろりと見返すと、

「江戸は浅草吉原、四郎兵衛会所の番方仙右衛門だ」

「…………」

「と名乗っても、おめえらには糞溜めに首まで突っ込んでいる自分がどうなるか分からねえか」

「何抜かしやがる！」

やくざ者が懐から匕首を抜いた。

「兄い、外を見てきな。うちの旦那に斬られた浪人者が竹藪にごろごろしてるぜ。それでもどうしてもというのなら、こちらにおられる神守幹次郎様が受けて立たれよう」

やくざが八五郎と顔を見合わせ、座敷からすっ飛んで消えた。

「和尚、聞いての通りだ。御免色里の吉原がこうして乗り出してきたんだ。まごまごしてるとおめえさん、寺社方に踏ん捕まるぜ」

和尚が衣類や持ち物を慌てて纏《まと》めた。

八五郎が憮然《ぶぜん》とそれを眺めていたが、

「町方でもねえ吉原が、なんで新宿くんだりまで伸《の》してくる」

と抵抗を試みた。

「分からねえか。狂犬に刺し殺された女は、吉原の羽違屋の春駒なんだよ。まだ年季が六、七年も残っていらあ。そいつをおめえらは足抜させて、新宿外れに造った隠れ宿の淫売に仕立て上げたんだ。おめえが宿主なら、命がいくつあっても足りねえぜ」

仙右衛門にじろりと睨まれて、ようやく事態を呑み込んだ八五郎が、

「私は頼まれ宿主だ。足抜だ、吉原の女郎だなんてなにも知らないよ」

と顔を激しく横に振った。

「まあ、いい。おめえには後でとっくり聞かせてもらうか」

「八五郎の旦那！」

竹藪の様子を見に行った三下やくざが飛んで戻ってきた。

「叩き斬られた浪人者がごろごろしてるぜ」

八五郎の表情がさらに怯えたものになり、仙右衛門を、そして幹次郎を見た。

「兄い、浪人者は知った顔だったか」

仙右衛門に訊かれた三下が横に顔を振った。

「いや、見たこともねえ」

「和尚、はるを殺った奴の顔を見たか」

「いや、引回しを着た町人でしたな」

引回しとは道中合羽のことだ。

仙右衛門が孝之助の傍らに膝をついた。

「姉さんを離しねえ。血塗れのままじゃ、かわいそうだ」

仙右衛門には新宿の宿場役人に届ける気はない。

孝之助の手を解《ほど》いた仙右衛門は、血塗れの布団の上にまず春駒とはるの死体を横たえて、乱れた衣服を直した。

「八五郎、てめえのところにも遣手がいよう。湯と手拭いを持ってこさせねえ。死んだ仏を清めるんだ。逃げようなんて気い起こすと、神守様の刀がおめえの痩せ首を叩き落とすぜ」

「はっ、はい」

八五郎にはもはや抵抗する気概はなかった。

そのとき、

「番方！」

と吉原に使いに出した常太郎の大声が響き、

「四郎兵衛様と隠密廻り同心様のお出ましだ！」

と呼ばわった。

仙右衛門が幹次郎に目くばせした。

幹次郎はすぐに番方の合図の意味を悟った。

「番方、武三じいの店にいよう」

「そうしてくだせえ」

幹次郎は呆然としている孝之助の手を引き、裏口へと走った。

「早かったな！」

「途中でよ、吉原会所の提灯を点した早駕籠と行き違ってよ、そんでおれから声をかけたんだ」

幹次郎が台所に抜けたところでそんな会話が聞こえてきた。

面番所の隠密廻り同心が出張ってきたのだ。

裏同心が面を出すわけにはいかない。

それと、番方は孝之助から一連の足抜事件の子細が同心に漏れることを恐れていた。そのことを敏感に察した幹次郎は孝之助を姉のもとから引き離したのだ。

孝之助は放心の体《てい》で幹次郎に手を引かれていた。

「孝之助、おっ母さんらの仇を討とうとわれらの前から逃げ出したか」

炭焼きの職人はなにも答えない。

「まあ、よい」

幹次郎らは玉川上水を越えて、新宿仲町のめし屋に戻ってきた。

「弐三どの、すまぬがここを開けてくれぬか、吉原会所の者じゃ」

幹次郎が戸を叩くと、

「待ちなせえよ」

と中から弐三じいの声がした。

戸が開くと、

「おまえ様だけか」

と弐三が訊く。

「四郎兵衛様も隠密廻り同心を連れなされて、お出でになられたようじゃ」

「そうでしたかえ」

幹次郎の後から入ってきた孝之助を弐三が見た。

「すまぬがこの者になんぞ食べさせてはくれぬか。国分寺から新宿まで飲まず食

わずで来たと思えるでな」

「この若い衆が姉さんを……」

と事情を呑み込んだ弐三が、

「かね！」

と同居の小女の名を呼んで起こすと、

幹次郎は孝之助を小座敷に上げた。そこへ弐三が、

「残りもんでいい、温め直してくれ」

と命じた。

「兄い、茶でも飲んで気を鎮めなせえよ」

と茶を運んできた。

孝之助は黙って茶碗を受け取ると、無意識にか口に持っていった。

「旦那、若い衆は姉さんに会えたのかえ」

「会えた、会えたがな……」

幹次郎が経緯《いきさつ》を説明した。

「なんと姉さんまでも……」

弐三が絶句した。

幹次郎の話に、孝之助の瞼《まぶた》にまた涙が浮かんで流れ出した。

「四郎兵衛様が町方を連れてきたとなりゃあ、同心の旦那がおめぇさんの仇を討ってくれようぜ」

弐三が慰めた。

小女がこれでいいかねえと膳を運んできた。

サバと大根の煮つけ、豆腐と油揚の味噌汁にめしが載っていた。

いい、いいと答えた弐三が、

「めしはいくらでもある。好きなだけ食べなせえ」

と膳を孝之助の前に押しやった。

「孝之助、遠慮なく食べよ」

幹次郎も勧めた。

孝之助は箸を取ると黙々と食べ始めた。

「孝之助、そなたが知っていることを話してくれぬか」

めしを食べ終えた孝之助に訊いた。

「…………」

「そなたは、はるが吉原から新宿に鞍替えした経緯を承知していたか」

「おっ母から聞いた」

「どう聞いたな」

「なんでも吉原の年季が新宿に移れば、半分ほどになるっちゅう話だった」

「おっ母さんはそのことを承知なされたか」

孝之助はしばらく沈黙していたが、

「危ないことではあるめえかと心配していた」

はるの母親は内藤新宿への鞍替えがちゃんとした話でないことに気がついていたことになる。

「待て、姉様はどうしておっ母さんにそのような事情を知らせることができたな。文をくれたか」

楼主によっては用心のためと称して抱え女郎の私信を検分する者もあった。

孝之助は首を横に振った。が、どのような連絡方法が取られたか、話すことを迷っていた。

「そなたの一家の仇が討てるかどうかの瀬戸際、大事なことじゃ」

「伍作《ごさく》さんが知らせてくれた」

「伍作とはだれかな」

「姉様の許婚《いいなずけ》じゃ」

「下谷保村の者か」

いや、と首を振った孝之助は、

「日野宿一の鮎かつぎの伍作さんだ」

「姉様が吉原に売られた後も、伍作ははるのことを忘れることができなかったのか」

孝之助はまた黙り込んだ。

幹次郎も催促しなかった。ただ孝之助が話すのを待った。

「吉原に売られた当初、伍作さんはうちに愚痴《ぐち》を言いに来ていた、それだけのことだった。ところが姉様が客を取るという話を聞いて矢も盾も堪《たま》らず、吉原に会いに行ったということだ。それをおっ母に話したようじゃ……」

「一度だけか」

「いや、鮎かつぎは手間賃がいい商売じゃ、その金を持って吉原に何度も通ったようじゃ」

楼主は女郎が幼馴染と会うことを許すわけもない。春駒は楼主に秘密で伍作と逢瀬《おうせ》を重ねていたことになる。

「内藤新宿への鞍替えは伍作が言い始めたことか」

「……と思うがな」

孝之助は曖昧に頷いた。

玉川の鮎かつぎは夜中に日野宿辺りを出て内藤新宿の鮎問屋まで十里を競争で運んでくる男たちだ。

鮮度が命の鮎をだれよりも早く運べる伍作の日当は、棒手振りや大工の日当の何倍も高かった。

金はあった。毎朝新宿にも仕事で出てきた。そこで伍作は許婚のはるが吉原から内藤新宿に移れば毎日でも会えると考えたのではあるまいか。

「そなたは姉さんがどうやって吉原を抜け出したか訊いたか」

「いや、知らねえ」

「では先ほどの隠れ宿に移ったことを知らせてくれたのはだれだ」

「おっ母だ」

「おっ母さんはだれから聞いたんだ」

「伍作さんが姉ちゃんの文を持ってきたっちゅう話だ」

幹次郎は新宿追分屋の草餅の包み紙に書かれた走り書きだなと思った。

「そなたを殺せと浪人どもに命じた町人は、はるが肉親にも知らせてはいけない約定を破って居場所を知らせたゆえに親兄弟を殺したと申したな」

孝之助が頷いた。

「伍作は隠れ宿に移ったはると会っていたのであろうか」

孝之助が首を振った。

「会わせてはもらえなかったらしいや。そんでよ、話が違うとごねたら、やくざ者に袋叩きに遭ったそうじゃ。それを聞いたおっ母が内藤新宿に鞍替えしたのは間違いだったのではあるめえかと心配していたところだ」

伍作の身も危ないなと幹次郎は思った。

孝之助の知るのはそれですべてだった。

伍作は吉原からの足抜話をだれから持ちかけられたか、肝心なことがまだ抜けていた。

ふいにめし屋の戸が開いて、仙右衛門が入ってきた。

「なんぞ孝之助から聞けましたかえ」

「ひとつだけだな。はるの足抜と鞍替えを仲介したのは、許婚の伍作、日野宿の鮎かつぎだ……」

幹次郎の説明に、

「だめで元々、日野宿まで若い衆を走らせましょうか」

「番方、十里も無駄にすることはない。こっちの鮎問屋で待っていれば、伍作の方からやってくる寸法だ」

「違いねえ」

「あっちはどうかな」

「四郎兵衛様が面番所の隠密廻り同心の村崎季光の旦那を連れてこられたのは正解でしたよ。吉原にいれば役立たずだが、こうやって外に出れば、隠密廻り同心の威光は大きい。隠れ宿を潰した後、銭を出してた五彩屋美右衛門のところに朝駆けだ。五彩屋の野郎、今度の一件で隠密廻り同心の口封じと吉原の賠償に財産の半分がとこは吹っ飛びますぜ」

「それは気の毒……」

「なにが気の毒なものですか。公にすれば五彩屋は本人を始め一族すべて小伝馬町の牢入り、家財没収は間違いないところですぜ。それが財産の半分がとこで済めば、御の字ですよ」

「そういうものかな」

それが四郎兵衛自身が出張ってきた理由なのか。

「ともかく村崎の旦那に鼻薬《はなぐすり》を嗅がせて吉原に戻した後のことだ。五彩屋美右衛門がだれから足抜した春駒を受け取ったか、吐かせるのはね」

「ならば、こっちは鮎問屋の張り込みだ」

幹次郎が言い、孝之助に訊いた。

「孝之助、姉さんとおまえの身内を殺す切っ掛けを作った伍作に会いに行くか、どうするな」

「行きます」

孝之助が立ち上がった。

鮎問屋のつたやは内藤新宿でも四谷大木戸に近い下町にあって、すでに店を開けていた。

そこに、天秤棒に十二枚ずつ振り分けた鮎籠を上手に腰で調子を取りながら、暗黒の甲州道中を一人ふたりと鮎かつぎがやってきた。

「へえ、お待ち。日野宿儀助《ぎすけ》、ただ今到着！」

「ご苦労さん」

つたやの番頭たちが十里を走り通してきた鮎かつぎたちに声をかけ、

「どうやな、今朝の鮎は」

「番頭さん、上々吉《じょうじょうきち》の鮎だ。値よく買ってくだっせえ」

「あいよ」

横長の竹籠に敷かれた熊笹の上に鮎が美しい姿を見せて、秤《はかり》で重さを調べられた。

「忙しい最中、すまねえ。鮎かつぎの伍作はもう到着したかえ」

仙右衛門が鮎かつぎたちに訊いた。

「伍作だと、おれっちと前後して走っていたがまだ着いてねえか」

襟をはだけて胸の汗を汚れた手拭いで拭く中年の鮎かつぎが辺りを見廻した。

「伍作けえ、角筈村《つのはずむら》の不動尊多聞院《ふどうそんたもんいん》の門前で知り合いに声をかけられ、足を止めていたぜ」

たった今、着いたばかりの若い鮎かつぎが言った。

「鮎かつぎは親が死んでも足は止めちゃならねえ道理だ。伍作のやつ、近ごろどうかしてるぜ」

中年の鮎かつぎの言葉に幹次郎と仙右衛門は顔を見合わせた。

「すまねえ、呼び止めた男は町人だったかえ」

「そうさな、引回しを着た町人だったぜ」

「和尚が見たという道中合羽の男だ」

「神守様、先回りされましたぜ！」

「兄い、多聞院は遠いか」

「なあに十二、三丁（約一・三〜一・四キロ）だ」

仙右衛門が、ありがとうよの声をつたやの店先に残して街道に飛び出した。

幹次郎も孝之助も続いた。

三人は早発ちの旅人を追い越して走った。

不動尊多聞院は街道から参道が延びて、社殿は引っ込んだところにあった。

石灯籠に灯りが点されて、おぼろげに境内を照らしていた。

三人は鳥居を潜った。

石畳に鮎籠が転がっている。

「伍作さん！」

孝之助が名を呼んだ。

かすかな呻き声が答えた。

孝之助が西側の藪に走った。

天秤棒が転がって、植え込みのところに裸足が見えた。

「伍作さん」

孝之助が飛びついた。

胸を深く抉《えぐ》られたとみえて、汗だらけの袷が血に染まっていた。

「しっかりしてくんろ」

薄目を開けた伍作が、

「孝之助か」

「なんでこんなことになった」

孝之助が詰問した。

「すまねえ……」

弱々しく伍作が呟き、仙右衛門が、

「伍作、おれたちは吉原会所の者だ。仇を討ってやる、だれがやった」

「よ、吉原会所か……」

と呟いた伍作が弱々しい息を吐き、

「引き抜きのげん……」

と言いかけて、孝之助の膝の上に頭を落とした。

「ご、伍作さん！」

多聞院に悲痛な孝之助の声が響いて消えた。

第四章　深川越中島哀死

一

この日、神守幹次郎は昼前の衣紋坂を下っていた。俗に衣紋坂と呼ばれる緩やかな坂にも秋の気配が忍び寄っている。

左右に外茶屋が並ぶ五十間道は土手八丁から大門口が覗けないように右に左にくねって続いていた。

まだ昼前のこと、外茶屋の店先は静かだった。

あの日、内藤新宿での決着がついたとき、昼前になっていた。

四郎兵衛は吉原から同行してきた面番所の隠密廻り同心村崎季光を四谷の料理屋で接待して昼酒を呑ませ、馳走を食べさせて、駕籠で先に吉原に帰した。

その後、幹次郎らが待機する弐三のめし屋に顔を出した。

「弐三さん、世話になったな」

「なんのなんの、四郎兵衛様はお元気そうでなによりじゃ」

「互いに歳だけは重ねるな」

小座敷に上がった四郎兵衛に仙右衛門が、

「村崎様は満足してお帰りで」

と訊いた。

「満足するに決まっておる。懐の小判でな、吉原に着くころには下り腹になっておろうよ」

四郎兵衛が言い放った。

仙右衛門が鮎かつぎの伍作の一件を報告した。

「なに、春駒の許婚《いいなずけ》が吉原に出入りしていたか」

「はい、この者が事の経緯《いきさつ》を知るはるの弟にございます」

孝之助は放心の顔で小座敷の隅に座り込んでいた。

頷いた四郎兵衛が、羽違屋は迂闊《うかつ》であったなと呟いた。

「五彩屋に春駒を紹介したのは、引き抜きの源次《げんじ》という町人だそうだ。五彩屋はそれ以上のことは知りませぬと頭を畳がへこむほどすりつけよったわ」

「春駒と伍作を殺した引回し、道中合羽の男でございますよ。伍作も死の間際に引き抜きのげん……と言い残して死にました」

「そやつを捕まえねばな、香瀬川の探索は先に進まぬな」

「まさか千住に突っ走ったということはありますまいな」

「長吉らにはくれぐれも注意を怠《おこた》るなと命じてある。まあ、そう簡単にやられはすまい」

「太夫の国許、三浦三崎に走りますか」

仙右衛門が訊いた。

「春駒や市川とは格が違う。大金が動く身の太夫が三崎村に戻っているとは考えられぬ。まず太夫は江戸におる、三崎なんぞ行くだけ無駄ですな」

四郎兵衛は仙右衛門の提案を蹴った。

「香瀬川の馴染はどうでしたか」

幹次郎が訊いた。

「馴染はすべて調べたがどこも怪しい節《ふし》はございませんよ」

「八朔の日の客はどうしてます」

「寄合旗本の高濱朱里様ですかえ、梅次に調べさせましたよ。そしたら、なんと労咳《ろうがい》を患っておられた奥方が亡くなられた日でございましてな、梅次はかような日にと、用人にこっぴどく叱られて戻って参りました」

「それどころではありませぬな」

「奥方が病の床にあるんで、吉原通いをしていたんでしょうな。ともかくこっちは引き抜きの源次を捕まえることが先だ」

「源次の奴、用心深い男でしてね。人前に出るときは三度笠を目深《まぶか》に被り、闇に立つような男なんで」

四郎兵衛の言葉に仙右衛門が答えた。

「顔が知れぬか」

「ところが偶然にも神守さんが見ておられます」

「なに、神守様が見られた」

「ちらりとじゃがな」

「会えば分かりますな」

幹次郎は頷いた。

「狙いをそやつに絞ろうか」

と呟いた四郎兵衛の視線が孝之助に行った。

「孝之助、そなた、どうするな」

孝之助は空ろな目を四郎兵衛に向けた。

「姉さんを谷保に連れて帰りてえ」

はるの亡骸は密かに天龍寺に運ばれていた。また幹次郎が斬った浪人たちの骸は四郎兵衛が連れてきた会所の若い衆が始末をつけていた。むろん隠密廻り同心村崎季光の同意のもとに闇に葬られたのだ。

「おっ母さんや弟妹たちと一緒に葬るか」

「へえ、そうしとうございます」

孝之助は気を動転させながらも考えてきたことであろう。

「おまえの望み、叶《かな》えてやろう」

四郎兵衛は若い衆ふたりに、夜を待ってはるの亡骸を下谷保村に運べと指示した。

「弔《とむら》いまできっちりと手伝って吉原に戻ってこい」

四郎兵衛が葬式の費用と路銀を渡した。

若い衆が畏まって承知した。

「孝之助、家族を弔った後、そなたはどうするな」

そこまで考えがつかなかったのか、しばらく答えはなかった。

「……炭焼きに戻ります。それがおれの仕事だ」

四郎兵衛が頷き、言った。

「孝之助、独り立ちしてな、よい炭が焼けるようになったら、吉原に持ってこい。会所がそなたの炭をどこよりも高く買ってやる」

「は、はい」

幹次郎は孝之助の顔にかすかな希望の火が点ったのを見た。


急ぎ旅でくたくたになって浅草田町の長屋に戻った幹次郎を汀女が、

「あれまあ、だいぶお疲れの様子ですね」

と三和土に急ぎ下りて迎え、

「井戸端で手足を洗ってきなされ」

と大小を受け取った。

幹次郎が命じられた通りに夜の井戸端で簡単に旅の埃《ほこり》を洗い流して長屋に戻ると、汀女が鉄瓶に沸いていた湯を水でぬるめて盥《たらい》に張り、

「ささ、幹どの、裸になんなされ。体の汗を拭いましょう」

と道中着を脱がせ、褌《ふんどし》ひとつにして、顔から背を温かい湯で絞った手拭いで丁寧に拭いてくれた。

「旅はどうでしたな」

幹次郎は甲州道中の夜明け前に内藤新宿に走る鮎かつぎのことなどを話した。

「ほう、今の季節も鮎が江戸に運ばれてきますか。秋の鮎は落ち鮎とか、さび鮎と言いますが、風雅《ふうが》な商いがあるもので」

「その鮎かつぎが春駒一家の悲劇を招きおったのじゃ」

幹次郎は伍作の無謀が起こした悲劇を語った。

「なんと、考えの致らぬことで……」

「救いはな、弟の孝之助がしっかりしていたことじゃ」

炭焼きの光景などを話すと汀女が新しい下着や着物を出しながら、訊いた。

「幹どの、収穫がございましたか」

「俳諧か、頭に浮かんだものはあったが、姉様に披露《ひろう》するほどのものでもないわ」

「ぜひ聞かせてくだされ」

年上の女房がせがんだ。

「孝之助の炭窯の前に立っておるときな、光る柿　炭窯《かま》のほむら　秋景色　と詠《よ》んだ」

「光る柿　炭窯のほむら　秋景色……」

汀女はゆっくりと詠みながら、目をつぶった。

「光景が浮かびます、幹どの」

汀女が目を開けた。

「いつも通り素直な句じゃ」

「姉様はいつも素直としか申されぬな」

「幹どの、句は捻り回さぬほうがいい」

姉様はそう言うと、

「光る柿　炭窯のほむら　秋景色……いい句です」

と褒めた。


幹次郎は会所の前を通り過ぎた。だが、江戸町一丁目の路地には入らなかった。

見張りの老婆がふしぎそうな顔をして見送った。

幹次郎が見世先に立ったのは大籬の妓楼三浦屋だ。

「太夫に呼ばれてきた」

表にいた男衆に言うと、

「薄墨太夫ですね、お待ちかねだ」

と幹次郎の腰の大小を受け取り、大階段を顎で指した。

「邪魔をする」

階段を上がると遣手が手で奥座敷を指し示した。どうやら幹次郎の到来は太夫から聞かされていたとみえる。

薄墨太夫は地味な小袖を着て文机《ふづくえ》に向かい、なにか書き物をしていた。

「太夫、お邪魔でしたら、後ほど参ります」

振り向いた薄墨はうすく紅を掃《は》いただけの清楚《せいそ》な顔立ちを向け、

「なんの、そなたを待つ徒然《つれづれ》に悪戯をしていただけのこと……」

手で座敷に入るように誘われて、幹次郎は座敷に上がった。

「旅をされていたそうな、汀女先生から伺いんした」

幹次郎は血なまぐさい話題は避けて、旅で出会った光景や季節の移ろいを話した。

「わちきが食する鮎はそうやって夜明け前の街道を担がれて江戸に参りんすか」

「相模川《さがみがわ》や玉川の鮎は夏が旬。ですが、秋の鮎もさび鮎と称してなかなか珍重されるそうにございます」

姉様から聞いた季語などを受け売りして話した。

「熊笹を　寝床《しとね》に走る　夜の鮎……」

薄墨の口から漏れ、

「旅がしとうござりんすな」

と嘆息が続いた。

幹次郎は答えられない。

栄耀栄華《えいようえいが》、遊女の頂点を極めた薄墨太夫にも吉原の外を旅する勝手は許されなかった。

「太夫、なんぞそれがしに用事ですか」

幹次郎が話題を変えた。

「おお、そうでありんしたな……」

薄墨が幹次郎のほうに膝を運んできた。

体に薫《た》き込めた美香が幹次郎をくすぐった。

「香瀬川様の客にござんす……」

「怪しげな者がいましたか」

「いいえ、香瀬川様のところへは相当なお方でなければ上がれませぬ」

と言った薄墨は煙草盆を引き寄せ、香りのよい刻みを火皿に詰めると優雅なしぐさで煙草盆の火を移した。

座敷に紫煙が漂った。

ふいに薄墨太夫が煙管をくるりと回して幹次郎に差し出した。

戸惑う幹次郎に、

「汀女様が怖くありんすか」

幹次郎は煙管を受け取ると一服吸った。

ふだん煙草のたしなみのない幹次郎はむせた。

「なんとまあ、煙草にむせしゃんすか」

笑って煙管を取り返した薄墨が幹次郎の吸った吸い口に唇を当てた。

「籠の鳥もときに里の外に出るざんす。廓じゅうで花見どきに出かけることがありんす」

「松葉屋でもそのようなことがありましたか」

「いえ、松葉屋様は里でもしわいので名高《なだこ》うありんす。楼じゅうで花見なんぞついぞありんせん。ところが今年の春のこと、蔵前の札差《ふださし》は伊勢屋《いせや》久兵衛《きゅうべえ》様の御寮に招かれて、花見の宴をなされましたそうな……」

一行は屋根船で山谷堀から隅田川に出て、上流へと漕ぎ上がり、隅田川が綾瀬《あやせ》川《がわ》と合流する鐘ケ淵の岸辺に造られた御寮で数刻を賑やかに過ごして、また船で戻ったという。

「伊勢屋がなんぞおかしゅうござろうか」

「伊勢屋様は香瀬川様の後ろ盾の大旦那にござりんす。里の外に出てみたいという太夫の願いを聞き届けられただけの粋な旦那にありんす」

幹次郎には薄墨太夫がなにを告げんと呼び出したか見当がつかなかった。

「その折りな、宴の席に吉原揚屋町名主、揚屋の壱番屋庄《しょう》右衛門《えもん》様とどこぞのお坊様が同席なされて、座を盛り上げなさりんしたそうな」

「坊様がですか」

「香瀬川様は香道の名手にござりんす。おそらく伊勢屋様は香瀬川様を喜ばそうと香に詳しいお坊様を招かれたのではございますまいか」

「ならば符牒《ふちょう》は合っているように思うが」

薄墨太夫は小さく頷き、口を幹次郎に寄せた。

「揚屋町の町名主、壱番屋の庄右衛門様には近ごろ噂が流れていんす……」

「どのようなものでござろうか」

「内証がだいぶ苦しいということにござんす」

「ほう、会所でも摑んでおらぬでしょうか」

「吉原でそのような噂が広がり、会所の耳に入るときはもはや終わりにありんす」

「苦しくなったのはなにか事情があってのことでござろうか」

「里の外で商いを始められたとか、そこいらがうまくいってないのかもしれませぬ」

「借財がかさんでおりますか」

「何千両とか風聞《ふうぶん》が流れていんす」

「……」

「近ごろ壱番屋で出される茶がおいしゅうないと客の間で評判……」

揚屋の壱番屋で遊んできた客がちらりと漏らしたという。天下の花魁のもとに遊びに来ようという大尽《だいじん》たちだ。茶の違いなどすぐに判別した。

その茶の質を落とすようでは壱番屋はかなり切羽詰まっているはずと薄墨太夫は言った。

「その庄右衛門様がお坊様を伊勢屋さんの御寮にお連れしたのだとか……」

「調べてみよう」

と答えた幹次郎はふと訊いた。

「太夫はなぜこのことを四郎兵衛様に直に申し上げぬのですかな」

「四郎兵衛様には義理はござりんせん」

「それがしにも義理はなかろう」

「義理はありんせんが……」

「……義理はないがなんじゃな」

薄墨太夫は謎めいた笑みの顔で、

「言わぬが花にござりんす」

と顔をすいっと遠ざけた。


三浦屋を出た幹次郎は揚屋町の壱番屋に回ってみた。

二階造りの揚屋は揚屋町の西の外れにあって間口も広く堂々としていた。

ただ、客を座敷で遊ばせる揚屋の立地としては、仲之町から一番遠い場所にあるのはどんなものかと幹次郎は素人考えにそのことを思った。

傾き始めた日の光が差し込んで壁に当たっている。

幹次郎は見るともなく西日を眺めた。

忍び返しをつけた黒板塀の上に秋の日があった。

振り向くと黒板塀から差し掛ける跳ね橋が壱番屋の二階に見えた。火事の際に逃げ出すための跳ね橋、東西南北の塀の傍の妓楼や茶屋にはどこでも備えてあるものだ。だが、この跳ね橋が役に立ったことはまずないという。

幹次郎は塀に沿って江戸町一丁目の奥へと戻り、仲之町の方角へと歩いていった。

そろそろ昼見世が始まる刻限、張見世に遊女たちの姿も見えた。

幹次郎は馴染の遣手に挨拶すると路地の奥へと潜り込んだ。

会所の奥座敷には四郎兵衛が楼主らしき人物と話をしていた。

「神守様、よいところに来られたな。羽違屋の主の房五郎《ふさごろう》さんじゃ」

「神守幹次郎様にございますか、このたびはな、えらい世話になりました」

房五郎が丁寧に頭を下げた。

「楼主どの、それがし、四郎兵衛様や仙右衛門どのの命に従ったまでにござる。礼を言われるようなことは格別しておらぬ」

「春駒の足抜の穴埋めはたっぷりと四郎兵衛様に払ってもらいました。それもこれも神守様のお働きとか」

そう言った房五郎が、

「些少《さしよう》ですが刀の研ぎ料にしてくだされ」

と用意していたらしい紙包みを差し出した。

「楼主どの、それがし、会所より十分にお手当てをいただいておる。そのような気遣いは無用です」

遠慮する幹次郎を見た四郎兵衛が、

「相変わらず欲のないことで……」

と笑い、

「房五郎さんも困っておられる。取っておきなされ」

と納めるように勧めた。

「金が敵《かたき》の吉原で珍しき人物ですな」

房五郎が笑って、紙包みを幹次郎の手に押しつけようとした。

「では遠慮のう頂戴致す」

幹次郎は両手で押しいただいた。

「そうお武家様に何度も頭を下げられるほどの額ではありませぬよ」

房五郎が満足そうな笑みを浮かべて、会所の座敷を出ていった。

「四郎兵衛様、よろしいので」

「羽違屋が神守様にまで気を遣うのは、十分に元が取れた証しです」

「元が取れたとは……」

「お忘れか。四谷の五彩屋美右衛門がこんどの一件のお目こぼしに、われら吉原会所と面番所に支払った金はな、千両箱ふたつでは済みませぬ。房五郎が出した五両なんぞは目糞です」

四郎兵衛が平然と言い放った。

幹次郎は吉原と四郎兵衛会所が遊里で占有する権益と力を垣間見《かいまみ》せられ、ただ驚いた。

「そうそう、私もねえ、神守様にご褒美を用意しておりますよ」

「そのようにあちらからもこちらからも……」

「金子《きんす》ではありません」

四郎兵衛は床の間に置いてあった錦《にしき》の袋を差し出した。

「その昔、とあるお旗本が支払いに困られましてな、家宝で払いたいと持ってこられたものだ。美濃《みの》の刀鍛冶の鍛《う》った和泉守藤原兼定《いずみのかみふじわらかねさだ》と聞きました。うちで埃を被っていてもしようがない代物」

「なんと兼定にございますか」

幹次郎は受け取った錦の袋から黒漆塗の鞘に黒革巻の柄、竹に雀の鍔拵《つばごしら》えの刀を抜き、しばし造りを観賞した後、口に懐紙をくわえ、静かに抜いた。

「なんと……」

見事な逸品だった。

地鉄小板目《じてつこいため》、刃文大互《はもんおおぐ》の目が華やかにも美しい豪剣であった。

刃渡りは二尺三寸七分（約七十二センチ）だった。

「和泉守兼定の銘《めい》が刻まれた刀は珍しいそうで」

「それがし、兼定をいただけるので」

「お持ちなさい」

と四郎兵衛が笑った。

幹次郎は胸の高鳴りを抑えて和泉守兼定を鞘に納めた。

「ところで今日はなにか……」

と四郎兵衛が訊いた。

「おお、つい忘れておった」

幹次郎は薄墨太夫に呼ばれて聞いた話を四郎兵衛に告げた。

四郎兵衛の顔が急に険しくなった。

話が終わってもしばらく黙り込んでいた四郎兵衛がふいに破顔《はがん》した。

「仙右衛門、聞いたか」

隣室に声をかけた。

襖の向こうから、

「はい」

と返事がして襖が開き、四郎兵衛の腹心の番方が顔を覗かせた。

「和泉守兼定などすでに元を取り返した」

と笑った四郎兵衛は、

「この調べ、慎重の上にも慎重が必要じゃぞ、仙右衛門」

と番方を見た。

二

数日後、吉原では朝の間から鉄漿溝の清掃が行われた。

間口五間当たりひとりの人足を差し出しての掃除である。男衆を出せないところは会所に日当を出して許してもらった。

鉄漿溝の幅、開設当初は惣堀《そうぼり》京間五間（約十メートル）あったとされる。

吉原二万七百六十七坪の生活排水をよくするために京間五間の幅のどぶを設けて、掘った土をその外に盛り上げる地形《じぎょう》造りという城造りの技が使われている。

だが、五間の幅は排水だけのことではない。遊女たちの越すに越されぬ幅なのだ。

むろんこの堀も京の西新屋敷の遊廓の造りを真似たものだという。だが、京が空堀であったのに対して、吉原のそれは黒ずんだ汚水をたたえるどぶという違いがあった。

神守幹次郎は継ぎの当たった作業着に古びた股引《ももひ》きを穿《は》き、手拭いで頬被りをした上に破れ笠を被って、鉄漿溝を掃除する人足の中にいた。

汚水は膝の高さまでしかない。三千余人と豪語する遊女たちが鉄漿《かね》をつけるときに吐き出すものがどぶを黒く染めていた。

幹次郎の隣には仙右衛門もいた。

ふたりが掃除の群れに加わっているのは北西側、黒板塀の向こうは揚屋町、壱番屋の跳ね橋の先端が覗ける場所だ。

薄墨太夫の話を幹次郎から伝えられた会所ではすぐさま極秘のうちに動いて、壱番屋庄右衛門方の周辺に探りが入れられた。

薄墨太夫が、

「茶の質を落とすようでは壱番屋はかなり切羽詰まっているはず」

と漏らした言葉は、庄右衛門の苦境をついていた。

仙右衛門が調べたことを報告する席に幹次郎も呼ばれた。

「四郎兵衛様、壱番屋は下りものに手を出してございます」

「下りものといっても品が多いな」

下りものとは上方《かみがた》から運ばれてくる米、油、味噌、酒、反物《たんもの》、綿《めん》、小間物、蠟《ろう》、藍玉《あいだま》と多岐にわたった。

江戸は消費の都、まだまだ大半の物品は上方ものに敵《かな》わなかった。むろんこういった品々はそれぞれが組合仲間を結成して独占していた。

「昨年の秋口、庄右衛門は京の新しい袋物、小間物、紅白粉《べにおしろい》を買いつけて摂津《せっつ》湊《みなと》から弁才船《べんざいせん》を仕立て、江戸に送り出したそうにございます。それが紀州灘《きしゅうなだ》で時化《しけ》に遭い、船は転覆。壱番屋は一瞬にして、巨額の借財を負ったようにございます」

「なんと畑違いに手を出したか」

「その買いつけの金は江戸の金貸しから借りたもの、庄右衛門はやいのやいのと矢の催促を受けているところにございますよ」

「金を貸したのはだれか」

「柳原土手《やなぎわらどて》豊島町《としまちょう》の恵比須屋《えびすや》にございます。が、この質屋、御家人の屋敷で開かれる賭場《とば》の客が相手の質屋、とても千両二千両の用立ては無理にございます」

「上質屋《うえじちや》は背後におらぬのであろうか」

上質屋とは質屋に金貸しをする者をいう。むろん質屋の免許などは持ってはいない者のことだ。

「そこまではまだ手が回っておりませぬ」

仙右衛門ひとりの調べであった。

「ひとりで大変であろうが揚屋町の町名主への調べだ、辛抱せえ」

と四郎兵衛が激励した。

「はい」

と畏まった仙右衛門が、

「壱番屋が鉄漿溝の傍というのが気になります。香瀬川太夫が行方を絶ったのも壱番屋のある揚屋町裏の天女池のほとり、密かに壱番屋の周辺を調べ直すことはできませぬか」

「壱番屋だけというわけにはいかぬな」

「四郎兵衛様、今年の夏は雨が多くて鉄漿溝の掃除をしておりませぬ。そいつを理由に壱番屋から流れ出るどぶを調べられませぬか」

「それならば道理も立つな」

そこで会所から各妓楼、茶屋などに通達が回されて、どぶ掃除になったのだ。

幹次郎と仙右衛門は周りを若い衆に囲ませ、他の人足が近づかないようにしておいて、壱番屋から流れくる排水口の鉄格子を検《あらた》めていった。だが、外側の鉄格子も中に二重に嵌め込まれた鉄格子も小揺るぎもせず、どぶを伝って香瀬川太夫が逃れたのではないことが確認されただけで、どぶ掃除は終わろうとしていた。

「番方、壱番屋の跳ね橋を使って、鉄漿溝を乗り越えることはできぬそうじゃな」

「うちの若い衆に密かに登らせたんで……」

「その形跡はなかった」

へえ、と頷いた仙右衛門は、

「元々ねえ、あの跳ね橋、役に立たないように造ってあるんで。こう言っちゃ元も子もねえが、これまでの火事で何人もの女郎が焼け死んでいます、そこでお上のお触れを受けてあのようなものを拵えたのですがね、鉄漿溝を越えるほどの長さはないんで……」

仙右衛門は長吉が説明してくれたのと同じことを言い、ちらりと塀の上を見上げた。

「壱番屋の跳ね橋は柱が腐っていたそうにございますよ」

「となるとどぶも跳ね橋もだめということになる」

どぶ掃除を終えて幹次郎らは堀の外に積み上げられた土手に上がった。

竜泉寺村、三ノ輪村、山之宿町《やまのしゆくまち》、花川戸町の入会地《いりあいち》がのどかに広がって、畔《あぜ》道《みち》を小僧を伴った坊さんが歩いていくのが見えた。

「伊勢屋さんの花見の席に呼ばれていた坊さんの正体は知れましたかな」

「伊勢屋さんも結構な年寄りだ。会うには会いましたがねえ、なんでも金龍山《きんりゅうざん》浅草寺寺中のお坊様で崇堪《そうたん》という名を覚えていたばかりで、よく分からないんで……」

「あとは連れてきた壱番屋の旦那に訊くしかなかろうか」

「そういうことなんで……」

「千住宿の張り込みも長くなったな」

「こうなりゃ根比べですよ、音《ね》を上げたほうが負けだ」

幹次郎たちは入会地を流れる小川で手足の汚れを落としたが、黒ずんだ色は手足にこびりついて落ちなかった。

「無駄でしたな」

「番方、どぶ浚《さら》えをしたと思えば気も楽だ」

苦笑いした仙右衛門が、

「引き上げますか」

と大門口へ歩き出した。

翌朝、幹次郎は吉原の手習い塾に向かう汀女を大門まで送り、北西側の入会地に足を向けた。

夏から初秋にかけて雨が多い日が続いたが、深まりいく秋とともに陽気も落ち着いていた。

幹次郎は腰が軽く感じていた。

四郎兵衛から贈られた和泉守藤原兼定は二尺三寸七分、いつもの差し料に比べ三寸（約九センチ）ほど短い。その分、軽く感じられた。

入会地の田圃では刈り取られた稲穂が柵がけされて、秋の陽光を浴びていた。

幹次郎はのんびりした日に誘われて畑作地の間の畔を歩いていった。

すると、細流に架かった土橋に十人ほどの男たちが集まっているのが見えた。

町方同心や十手持ちの姿も見える。

近づくと、流れから男の死体が引き上げられていた。

溺れ死ぬほどの水量はない。

不思議に思ってさらに近づくと、白茶けた死体の胸がはだけ、刺傷があるのが見えた。

殺しだ。

死体の着衣などからみて、職人のような風体だ。歳は三十前後か。

「やっぱり六軒町《ろっけんちょう》の完兵衛《かんべえ》長屋に住んでいる叩き大工の竹造《たけぞう》だ」

「顔が白茶けているが間違いねえな」

流れから引き上げた百姓たちが十手持ちに言った。

「竹造の棟梁《とうりょう》はだれだえ」

中年の御用聞きが訊いた。

「金のことで何度もしくじって近ごろじゃ決まった親方はあるめえよ。手が足りねえときに狩り出されるくれえしか当てにされてねえや」

「ああ、がらっぽんが好きで好きで、かかあにも逃げられたのさ、親分」

「博奕《ばくち》か。賭場は知らないか」

「おれっちら百姓が知るものか」

百姓たちはこれ以上関わりになりたくない様子だ。

御用聞きもまたやる気はあまりなかった。同心の手前、嫌々やっている様子がありありと見えた。

「竹造の野郎、賭場の揉めごとで殺されたな」

遊び人同士のいさかいとあっては今ひとつ熱が入らぬ感じだ。

「お手前はなにか用かな」

町方同心が幹次郎に訊いた。

「いや、吉原で働く女房を送ってこちらに足を向けたまでにござる」

「なにっ、髪結の亭主か。よいご身分じゃな」

初老の同心は皮肉を言うと、行けという顔をした。

「失礼致す」

幹次郎は浅草寺の方角へと歩いていった。


天宝院の門前を横切ると築山《つきやま》に植えられた紅葉《もみじ》がわずかに色づきはじめていた。

近年植えられたばかりの若木だ。何年かすると木も育ち、築山連山全体が見事な紅葉山に彩られるだろうなと思いながら、東本願寺《ひがしほんがんじ》へと抜けた。

幹次郎が訪ねたのは寺院の多く立ち並ぶ六軒町の完兵衛長屋だ。

長屋といってもだいぶ風紀が悪そうで、井戸端で洗濯をする女たちも疲れた顔をして、尖った物言いで喋り合っていた。

「大工の竹造の長屋はどちらかな」

だれも答えない。ただ幹次郎の着流し姿をじろじろと見ている。

「こちらが住まいと聞いたが」

「いないよ」

それでも背に継ぎをあてた袷《あわせ》の女がぶっきらぼうに答えた。

「内儀《ないぎ》はおらぬか」

「内儀ってなんだい、かみさんのことかえ。何年も前にやえちゃんは出ていったよ」

女たちはなにがおかしいかけらけらと笑い合った。そのひとりが、

「やえちゃんが並木町の泥鰌屋《どじょうや》で女中をやっているの知っているかえ」

と隣の女に言った。

「淫売でもやっているとみたがね」

「やえちゃんはまだ若いし、体も売れらあ。わたしたちじゃ、そうはいかないよ」

女たちが高笑いし、姉さん株の女が、

「まあ、みてな、そのうちさ、竹造が知って銭をむしりに行くよ」

もはや幹次郎のことなどだれも見ていなかった。長屋を出ていったやえを話題に際限のないお喋りに興じていた。

木戸口に九つばかりの男の子がいて、幹次郎を見ている。

「邪魔したな」

どぶ板を踏んで木戸口を出た。

「小遣いが欲しいか」

大人びた顔の小僧は幹次郎の言葉を待っていた風についてきた。

「なにが知りてえ」

「竹造の大工仲間を知らぬか」

「仲間ねえ、そんな者いたかな」

小僧が手を出した。

「話も聞かせず銭だけもらおうというのは図々《ずうずう》しいぞ」

小僧は出した手を引っ込めると鼻の下を擦《こす》った。

「竹造の奴さ、去年の暮れ辺りから何か月か長屋を留守にしていたのさ。そんでよ、戻ってきたらえらい羽振りのよさでよ、毎日賭場に通って酒ばかり呑んでいたぜ」

「うまい普請《ふしん》にでも行き当たったたか」

「普請なもんか。危ねえ橋を渡ったにきまってら」

小僧は十手持ち顔負けの観察眼を持っていた。

「もっともよ、近ごろじゃ元の木阿弥《もくあみ》のすかんぴんだ」

「賭場がどこか知るまいな」

「お足が先だ」

幹次郎は財布から銭を二十文《もん》ばかり出した。

「なんでえ銭かえ。一朱《しゅ》はくれると思ったのに」

小僧はこのころの日当ほどに当たる二百五十文を口にした。

「貧乏浪人が一朱などあげられるものか」

「そうだな、浪人も竹造とおっつかっつだな」

納得した小僧は、

「竹造が出入りする賭場はよ、浅草寺中の妙音院《みようおんいん》だよ」

と言うと幹次郎の手の銭をかすめ取った。

「そなた、名はなんという」

「富吉《とみきち》さ。だけどみんなは富公と呼ぶよ、それがどうした」

「富公か。なんぞ思い出したことがあったら、浅草田町の左兵衛長屋にそれがしを訪ねてこい。そのときは一朱や二朱はなんとかしよう」

背を向けた幹次郎に富吉の叫びが追いかけてきた。

「二朱くれるってのは確かだな」

「嘘は申さん」

幹次郎は並木町の泥鰌屋を二軒ほど訪ねて、女中のやえを探し当てた。

裏口に出てきた女はほつれ毛をうっすらと汗をかいた鬢《びん》に張りつかせていた。

どこか暗い感じの女だ。それは男心をくすぐる暗さだった。

「私になにか」

「そなたの亭主のことで訊きたいことがあってな」

「竹造がここを知っているので」

やえの顔に怯えが走った。

「もはや亭主はそなたに面倒をかけることはあるまい。吉原裏の小川で死体で発見されたばかりだ」

やえはぽかんとした顔をした。しばらく放心の体《てい》でいたが、

「ほんとですか」

と念を押した。

「今見てきたばかりだ。そなたのことは長屋の女のお喋りで知った」

「そうでしたか」

複雑な感情がやえの顔に漂い、明るい声で訊いた。

「なにが知りたいので」

「博奕仲間を知りたいのだが」

「仲間なんていやしませんよ。ただ……」

「ただどうしたな」

「賭場の借金を取り立てに来るのは田原町《たわらまち》の雷《いかずち》の南五郎《なんごろう》親分の子分どもでしたよ」

とやえが吐き捨てた。

幹次郎は汀女が手習い塾を終える刻限には吉原大門に戻っていた。汀女が昼見世の始まったばかりの仲之町を歩いてくる。その姿は豊後竹田の城下を歩いていたころと同じく、どこか超然として孤高を保っていた。胸の前に抱えた風呂敷には季語を記した書物や俳諧本が包まれていた。そしてもうひとつの手にも包みを提げていた。

「姉様」

「待っておられたか」

「ちと用事ができた。四郎兵衛様に会ってくる」

「ならば先にお長屋に戻っていましょう」

汀女はそう言うと手に提げた包みを幹次郎に見せた。

「山口巴屋の玉藻様から軍鶏《しゃも》の肉をいただきました。夕餉《ゆうげ》には鍋にしましょうぞ」

「それは体が温まろうな、用事を終えたらすぐに戻ろう」

大門口の前で汀女と別れた幹次郎は路地を伝って会所の裏口に入った。

「いらっしゃい、お待ちしてましたよ」

三和土で仙右衛門が出迎えた。

「番方はそれがしの来訪、よう分かったな」

「そりゃあ、会所の前で汀女様と仲良う話をされていたと思ったら、神守様だけ奥へ入ってこられた。すぐに見当はつきますよ」

「そうか、見られていたか」

苦笑いした幹次郎と仙右衛門は四郎兵衛が控える奥座敷に通った。

にこにこと笑った会所の頭取は幹次郎を迎え、

「どぶ浚えはご苦労でしたな」

と労《ねぎら》った。

「今日はまたなにか」

「入会地で大工が殺されたのをご存じでしょうか」

幹次郎は散歩に出たついでにぶつかった事件と竹造の賭場通いのことなどを話した。

「こちらの足抜と関わりがあるとは思えぬが、ちと気になってしまいました」

四郎兵衛が仙右衛門と顔を見合わせた。

「雷の南五郎は不逞《ふてい》の浪人者を何人も用心棒に抱える野郎でねえ、評判のよくねえ男にございますが……」

仙右衛門の言葉には、関わりはあるまいという感じがあった。

「番方、折角神守様が拾ってこられたネタだ。こっちも手詰まり、調べてみてはどうか」

「ならば、今晩にも賭場に潜り込んでみましょうか」

と仙右衛門が請け合った。

「神守様、千住宿で動きがありましたぞ」

「ほう」

「いちからどうやら文が届けられたようだ。いえね、家のほうじゃない。いちの弟が働いてる鍛冶場に使いが来た。牛太郎の光助がそれを見ていたんだが、弟のほうに気が行って使いを見逃してしまった」

「それは残念……」

「いや、いちからの文なら、絶対に弟たちが動きますって」

「今度ばかりは殺しのようなことがあってはなりませぬな」

「おっしゃる通りだ」

と答えた四郎兵衛が、待てよと呟くとしばらく考え込んだ。そして、にっこり笑って言い出した。

「神守様の勘働きはなかなかじゃ。壱番屋の庄右衛門にな、こちらから悪戯を仕掛けてみましょうかな。引っかかってくれればめっけもの……」

「ほう、悪戯ね、どんな手か楽しみでござる」

「そうそう簡単に釣り出されるとも思えぬが駄目で元々……」

と笑った四郎兵衛の老獪《ろうかい》な顔に期待と不安が半《なか》ばしてあった。

三

七輪の上の土鍋がぐつぐつと音を立てている。

「姉様、なんとも美味《うま》そうじゃな」

幹次郎は手酌《てじやく》で酒を呑みながら、鍋を覗き込んだ。

味噌仕立ての軍鶏《しやも》の肉に青葱《あおねぎ》と人参、豆腐が彩りも鮮やかに煮立ち始めていた。

「長屋じゅうにいい香りが……」

汀女が七味《しちみ》を盆に載せて運んできた。

「軍鶏なんぞを好きなだけ食べられるなんて贅沢じゃな」

「ほんに、逃げ回っていたころはちゃんとしたものも食べられませんでしたな」

妻仇として狙われる身、用心に用心を重ねて何年も諸国を放浪していた。木賃《きちん》宿《やど》の台所で稗雑炊《ひえぞうすい》がごとき一鍋を煮炊きして慌ただしく食べる暮らしだった。

「吉原に拾われて、われらは極楽の暮らしを覚えた、怖いくらいじゃ」

「幹どの、女郎衆に感謝せねばなりませぬな」

そう言った汀女が小丼に軍鶏鍋を取り分けてくれた。

湯気の立つ軍鶏に七味をかけて食べる。

「おおっ、これは美味い！」

幹次郎は歯で噛むとしこしこと音を立てる軍鶏の肉の旨味に感嘆した。

「姉様も早く食べられえ」

汀女もひと口食べてにっこりと笑った。

「おいしゅうございますな」

「美味い、なんとも美味い」

酒を呑みながら幹次郎は何杯もお代わりした。

「幹どの」

汀女が悪戯でもするような笑みを浮かべて、

「幹どののことを薄墨太夫がえらく褒めておいででしたよ」

と言い出したのは食後のお茶を飲んでいるときだ。

「どうしてであろうな」

「花魁が申されるには、里に上がられる客と遊女は、騙し騙されることを分かった上で一時《いっとき》の夢を楽しんでおいでとか。夢は必ず覚めまする……」

「………」

「薄墨太夫が申されました。幹どのは本気の恋しかできぬお方、汀女先生、大事にしてくだされとな」

「大事にされておるのにな」

「大事にされぬとわちきが奪いますと薄墨太夫が申されましたよ」

「姉様、それは戯言《ざれごと》じゃ」

「さてどうでしょうかな」

たわいない会話を交わして夕餉《ゆうげ》を終え、幹次郎は寝る前に差し料の手入れを始めた。

ふた振りの刀の手入れが終わったとき、戸が叩かれた。

「神守様、会所の梅次です」

「心張棒はかかっておらぬ、戸を開けて入られよ」

梅次が顔を覗かせ、

「番方が妙音院までお出で願えないかとの伝言で」

「すぐに仕度する」

幹次郎が立ち上がると、汀女が外出の仕度を整えた。

着流しの腰に手入れを終えたばかりの和泉守藤原兼定と無銘の脇差を差せば、

それで終わる。

「姉様、心張棒をかけてな、よく戸締まりをしなされよ」

と言い残して幹次郎は長屋を出た。

梅次は会所の提灯を提げていた。

「なにか起こったか」

「壱番屋庄右衛門様が妙音院を先ほど訪ねられたそうで」

「なんと……」

四郎兵衛が仕掛けてみると言っていたが、早や動いたか。

浅草田町の長屋から妙音院はすぐ傍だ。

門前を見通す姥ケ池《うばがいけ》の芒《すすき》の岸辺に苫舟《とまぶね》を浮かべ、その中に仙右衛門が隠れ潜んでいた。

「神守様を呼んでいいかどうか迷いましたが、ひょっとしたらひょっとする。無駄足と思って付き合ってくだせえ」

「壱番屋の主があの寺を訪ねたそうな」

「千住宿のことで思いつかれた四郎兵衛様が、雷の南五郎の名で偽《にせ》の誘い状を届けさせたんで。すると二刻（四時間）もせぬうちに庄右衛門が吉原を出てきおって、妙音院を訪ねたってわけなんで」

「賭場に遊びに行ったとも考えられる」

「それもなくはない。ですがね、廓の旦那衆の道楽がなにか、およそのことは会所は摑まえているものなんで。ところがこれまで壱番屋が博奕好きとはわっしらは知りませんでした」

「ならば気長に待つか」

三人は夜を徹しての見張りを覚悟した。

妙音院には駕籠を乗りつける旗本、坊主、商人風と懐の豊かそうな客たちがあとを絶たなかった。かと思えば吉原裏で殺された竹造のような職人もいた。

仙右衛門は、

「賭場はひとつじゃないんで。丁半から花札まで客が飽きねえようにできてましてね、賭金もピンキリなんで。妙音院にかなりの寺銭《てらせん》を払っても雷の南五郎の懐にはたんまりと入る仕組みですよ」

棟も三寸下がるという丑《うし》の刻（午前二時）、三度笠を目深に被った道中合羽の男が徒歩《かち》で門前に立った。

「番方」

仙右衛門が幹次郎を振り向いた。

「あいつだ、引き抜きの源次だ。あいつがはると伍作を殺した」

「なんと、吉原田圃の殺しと内藤新宿の一件に関わりがございましたか」

「ここからでは遠い、念を入れたいな」

「忍び込みますか」

船頭役の梅次に苫舟を寺の西側に移動させるように命じた仙右衛門は、手早く忍び込む仕度を始めた。

吉原会所の法被を脱ぎ捨て、棒縞の袷を裏に返すと黒に変わった。その裾を尻《しり》端《はし》折《よ》りにして、黒手拭いで頬被りした。

幹次郎は仕度などない。

長い築地塀が姥ケ池の傍に現われた。

ふたりは苫舟の屋根を利用して、塀によじ登った。

塀の上にへばりついて宿坊《しゆくぼう》を窺うと、どこも障子が締め切られていたが煌々《こうこう》とした灯りが点って、大勢の気配がした。

「行きますぜ」

仙右衛門がまず飛び下りた。

幹次郎も続く。

三日月の薄い明かりがふたりの行動を照らしていた。

「丁半駒が揃いました！」

一拍の静寂があって、

「勝負！」

の声が響き、

「一《ぴん》ゾロの丁！」

と聞こえてきて、どよめきが起こった。

客の嘆声はそれだけだ。もはや次の勝負に集中しているのか、呟きすら漏れてこない。

幹次郎らは賭場近くから庫裏《くり》に回った。

胴元の雷の南五郎らが控えている気配はしたが、戸は仕切られて内部は覗けなかった。

「だれぞが外に出てくるのを待つか」

ふたりが半刻《はんとき》（一時間）ほどねばったとき、ふいに障子戸が大きく開かれた。

三下奴《やっこ》が手に水桶を持って井戸端に向かった。

開け放たれた戸の間から板の間が見えた。

銭箱を前に置いた中年の男が控えているのが見えた。

「雷の代貸《だいがし》、鉄砲水《てっぽうみず》の皆吉《みなきち》ですよ」

仙右衛門がそう囁きながら、座ったまま体を横に移動させた。

幹次郎も従った。

囲炉裏を囲んで三人の男が目についた。

ひとりは道中合羽の男、引き抜きの源次だ。

「番方、間違いないな」

「相手しているのが雷の南五郎、そして派手な羽織の男が壱番屋の庄右衛門ですよ」

「どうやら人の繋がりだけは見えたな」

「見えましたたな」

三人の話は聞こえなかった。

三下奴が水の入った桶を重そうに庫裏に運び込み、障子戸が閉められた。

「収穫ですよ、神守様」

仙右衛門が引き上げを告げた。

朝の一番風呂を四郎兵衛と幹次郎、それに仙右衛門が独占していた。

四郎兵衛の背を番方が米糠《こめぬか》で丁寧に流していた。

幹次郎は湯船に浸かっていた。

会所では四郎兵衛が寝ずに帰りを待っていたのだ。

「これで役者が揃いましたな」

そう言った四郎兵衛の背に仙右衛門が湯をかけた。

ふたりが湯船に入ってきた。

「神守様、山口巴屋を始め仲之町の七軒茶屋は元吉原以来の茶屋にございましてな、まあ、吉原では格式があるとされております。それに比べ、揚屋町の揚屋は同じ茶屋ながら、七軒茶屋の後塵《こうじん》を拝し、みな妓楼に鞍替えしました。壱番屋が最後に残った一軒です。そんなわけで、揚屋町にはわれら七軒茶屋に対抗する気持ちが強くございました。その旗頭が町名主の壱番屋の庄右衛門にございます」

と四郎兵衛が幹次郎に説明した。

「それだけにこんどの一件、確たる証しを押さえぬと、揚屋町が一致して会所に叛旗《はんき》を翻《ひるがえ》すことになる。これだけは避けたい……」

「庄右衛門どのは左前になった商いを立て直そうと、女郎衆の足抜に手を出したとお考えですか」

幹次郎が訊いた。

「上方からの新奇な袋物などの買いつけが船の遭難で失敗した。壱番屋はそれで三千両がとこの借財を負った。それに前からの借金もある。私が試算したところではまず六千両から七千両の間であろうか」

「大変な金額です」

四郎兵衛が頷いた。

「香瀬川を身請けすることになると、なにやかやでその半分ほどの金が要ります。ところが足抜させれば元手はただ……」

「三人か四人の花魁を吉原の外に出せば、壱番屋の借財は消えますか」

「そういうことです。おそらく市川と春駒は足抜の仕組みがうまくいくかどうか試したものでございましょうよ。足抜の狙いは間違いなく花魁です」

「四郎兵衛様、花魁ほどの遊女が鞍替えするとしたら、四宿のどこですか」

幹次郎の問いに会所の首領は笑った。

「神守様、四宿が香瀬川ほどの花魁を見世に出せるものですか」

「とすると春駒のように隠れ宿で」

「花魁と一夜をともにするだけで千両箱を積み上げるお大尽はいくらもおります。吉原の花魁はそれほどのものなのでございますよ」

「分からぬな」

と幹次郎は呟いた。にやりと笑った四郎兵衛は、

「神守様、薄墨太夫の吸いつけ煙草にむせられた神守様は果報者、世のお大尽が涙を流して悔《くや》しがりましょうぞ」

幹次郎は目を剝いた。

改めて四郎兵衛が遊里の中のことを把握していることを肝《きも》に銘じた。

「仕組みはこうですよ。まず香瀬川を囲いたがってる大尽を壱番屋らは探し出す。その後、花魁を説得する。大尽が積んだ千両箱を足抜を承知した花魁と折半しても千や千五百両の金が壱番屋庄右衛門の懐に入ってくる……」

「驚いたな」

「間違いなく豪商か日本橋の魚河岸《うおがし》の旦那あたりの寮に囲われていますよ」

「ならば吉原は香瀬川を取り戻すことはできる」

「できますよ」

四郎兵衛が自信を示した。

「四郎兵衛様、壱番屋を捕まえるには確たる証しをと申されましたな」

仙右衛門が念を押した。

「番方、次に壱番屋らが花魁の足抜をやるのを押さえることだ」

仙右衛門の口からふうっという息が漏れた。

「花魁の中で里の外に出たがっている者がいるかどうか探り出せ。壱番屋らはなんらかの方法でその花魁に連絡《つなぎ》をつけているはずだ」

「はい」

「香瀬川の足抜は八朔の日でしたな」

幹次郎が言い、仙右衛門が言葉を継いだ。

「次に吉原が賑わいを見せるのは吉原俄《よしわらにわか》の楽日《らくび》、晦日《みそか》です」

吉原俄とは安永《あんえい》四年（一七七五）に始まった催《もよお》しで、芸者や太鼓持ちが仲之町に設《しつら》えられた舞台で行う即興の芝居であった。

灯籠が　消えて俄かに　稼ぎ出し

玉菊灯籠の季節が終わると吉原俄へ遊里の話題は移っていく。そして、俄が終われば、秋風が吹いて、吉原から客足が遠のき、新春まで一番寂しい季節を迎える。

「壱番屋たちが動くのは騒ぎに乗じた晦日だな」

四郎兵衛が言い切った。

晦日まであと三日を残すだけだ。

「仙右衛門、庄右衛門にぴったり見張りをつけて、動きを見落とすな」

番方がへえっ、と畏まった。

湯船の会議は終わった。

山口巴屋の台所で幹次郎と仙右衛門は朝餉を馳走になり、会所に戻ると梅次が、

「番方、いいところに戻ってきなさった。千住宿の光助さんがたった今、会所に顔を出したところだ」

と言った。

「会おう」

仙右衛門と幹次郎は会所の表口に回った。するとそこに光助が不安そうな顔で腰を下ろしていた。

「番方」

光助がほっとした声を出した。

「久し振りの吉原に面食らっちまってよ」

「なんぞ動きがあったか」

「へえ、いちの弟の新太郎が江戸に出てきましたよ。長吉さんがついてます」

「場所はどこだ」

「深川越中島《ふかがわえっちゅうじま》の新地《しんち》でさ」

「なにっ！　いちは岡場所に鞍替えしていたか」

「へえっ」

と答えた光助は、昨夜遅く、新太郎が弥五郎新田の家を出た後、千住大橋を渡って吉原を横目に見ながら進み、上野寛永寺《かんえいじ》下の裏長屋を訪ねたことを告げた。

「下谷山崎町の薄汚ねえ長屋にいちの許婚だった建次郎がいやがったんで」

「となると先日の文は建次郎からか」

「へえ、長吉さんもそうだろうと言ってました」

「それでどうした」

「新太郎が長屋に入って半刻もしたころ、ふたり連れで出てきたんで。建次郎は新太郎を連れて、浅草駒形堂《こまがたどう》の河岸に繋いでいた屋根がけのぼろっちい舟で大川を横切ろうとしましたよ。そんときには、長吉さんもおれも大慌てしましたけどね、うめえことによ、釣舟が漁に出ようというのを見つけて、無理やりに頼んでぼろ舟を追っかけたんで」

「その行き先が深川大新地《おおしんち》か」

「へえ、その通りなんで……」

深川大新地は官許の吉原とは異なった岡場所のひとつであった。

承応《じようおう》二年（一六五三）の創業で吉原が浅草裏に移る四年も前のことであった。いったん幕府の命で取り払われたが、享保十九年（一七三四）に再興になり、天《てん》保《ぽう》九年（一八三八）まで続く岡場所であった。

「あいつらね、ぼろ舟を船通楼《せんつうろう》の近くの波打ち際に泊めて、見張ってますぜ。まずいちは船通楼にいるとみて、間違いありませんせん」

「分かった」

と承知した番方は幹次郎に、

「ちょいとお待ちいただけますかえ。四郎兵衛様に相談申し上げて、指示を仰いで参りますでな」

と言い残して、奥座敷に消えた。

会所の薄く開けられた障子戸から仲之町に朝の光が差し込む光景が見られた。

この刻限、吉原の遊女たちは一時《いっとき》の眠りに就いているはずだ。

一番、廓内が気怠《けだる》い時間といえた。

梅次が顔を覗かせ、

「四郎兵衛様がお呼びにございます」

と言った。

奥座敷では仙右衛門と四郎兵衛の間に緊張が漂っていた。

「まさか深川大新地の船通楼にいるとは考えもしませんでした……」

と四郎兵衛が言い、

「神守様にな、深川大新地のことを説明しておきます」

と言葉を継いだ。

「江戸にはただひとつの天下御免の吉原の他、岡場所と称する遊廓が数多《あまた》ございます。その中でも深川中島町《なかじまちょう》の対岸越中島に築《つ》き出た新地を大新地といいましてな、岡場所の第一と致します。吉原の遊びに厭《あ》きた連中が通う場所でして、大《だい》椿楼《ちんろう》、大栄楼《おおさかえろう》、百歩楼《ひやっぽろう》などは遊女の値が銀六十匁《もんめ》から一両と吉原の中程度の見世に匹敵します。南に面して江戸の海を一望する船通楼は、江都《こうと》眺望第一の遊廓と自慢して、吉原に張り合うところにございます。そんなところゆえ、吉原への敵愾心《てきがいしん》も強く、宿主らの人気《じんき》も荒《あろ》うございます。まず表から挨拶しても知らぬ存ぜぬで通されましょうな」

四郎兵衛は言うと、

「まずは神守様、仙右衛門と一緒に様子を見てきてくだされ」

と命じた。

四

船宿牡丹屋の屋根船で仙右衛門を頭にした一行、幹次郎、梅次らは大川を下った。

案内はむろん光助だ。

船には見張りや尾行に使うさまざまな衣装や道具が積み込まれていた。

深川越中島は大川河口の左岸に埋め立てられ、江戸の海に突き出た地だった。

「あれが岡場所でしてな、船通楼は、南の海っぺりに築き出した三階建ての楼ですよ」

仙右衛門が障子を開けて、幹次郎に指し示した。

船通楼の楼閣上から遊女と江戸の海を眺めるとき、天下を取った気分になるのではあるまいか。通人が遊びに通うという気持ちも分からぬではないなと無粋な幹次郎も考えた。

屋根船は大新地を迂回《うかい》するように、東側の大島川《おおしまがわ》に入った。すると枯れた葦原から長吉が手を振っているのが見えた。

船宿牡丹屋の船頭が船を寄せて、長吉を拾った。

「ご苦労だったな、長吉」

幹次郎は千住の弥五郎新田で頑張り通した長吉を労った。

「ようやく動きました」

という長吉の言葉にはしみじみしたものがあった。

「建次郎と新太郎の舟はどこだ」

仙右衛門が訊いた。

「見てくだせえ。船通楼と百歩楼の間に狭い堀が口を開けてましょ、その間に大胆にも潜り込んでいますぜ」

ぼろ舟の胴の間には粗末な屋根がかけられ、ふたりはその下にでも潜んでいるようだ。

「奴らはなにを考えておるのか」

幹次郎の問いに長吉が答えた。

「足抜でさあ。吉原を抜けたいちは、今度は大新地から抜けようと考えてやがる」

「足抜が難しい吉原は壱番屋たちの手を借りて、大新地に鞍替えした。時を置いて、今度は大新地から許婚や弟たちの助けを借りて抜け出そうというのか」

「だれが考えたか知らねえが、まず二段構えの策を巡らしたことはたしかだ」

「長吉、大新地の船通楼をなめ切ったもんだな」

「番方、これだから素人は怖いや。吉原だってこれで出し抜かれたんだ」

「違いねえ」

仙右衛門が苦笑いした。

「真っ昼間には動くまい。こっちは昼間のうちにできるだけ、船通楼のことを探り出したいな」

仙右衛門は長吉に、

「大丈夫か」

と訊いた。

「番方、一晩ふた晩眠らなくてもなんともねえよ」

「ならば、町内を巡ってこい」

船に用意された菓子売りと青物の棒手振りなどの衣装に長吉らが着替えた。光助も真似て長吉の供をする気だ。

その間に屋根船は大きく東に回って、数丁ばかり漕ぎ上がると、富岡八幡宮《とみがおかはちまんぐう》の門前町、蓬萊橋《ほうらいばし》際の船着場に出た。

船頭の若い衆が屋根船を杭《くい》に舫《もや》った。長吉らが河岸に上がると陸路、大新地に潜り込んでいった。

「神守様、土地に知り合いもございます。わっしはその者たちと会って参ります。神守様の出番は夜になってからにござんしょ。休めるときに体を休めておいてくだせえ」

そう言い残した仙右衛門も船頭を供に姿を消した。

船に残ったのは幹次郎ひとりだ。

幹次郎は手枕で横になった。

徹夜明けで風呂に入り、朝餉を食べていた。

眠りはすぐにやってきた。

どれほど眠ったか、船が揺れた拍子に目覚めた。

「起こしましたかえ」

仙右衛門が障子を開いてするりと入ってきた。

「何刻かな、言葉に甘えて眠ってしまった」

「八つ前ってとこで」

と笑った仙右衛門が、

「いちは千絵《ちえ》という名で出ておりましたよ」

と言った。

「大新地に出入りする髪結と知り合いでしてね、そいつの家を訪ねようとしたら、中島町で両国釜又《りようごくかまた》から貸本を借りてくる貸本売りの琴次《ことじ》って野郎に出くわしましてね」

両国の釜又は貸本屋の元締めの一軒だという。

「琴次に訊くと、船通楼にも顔を出すというじゃありませんか。こいつに小銭を握らせて、船通楼を先に回らせて、ここ半年ばかり前に入った遊女のことを探らせたんで……」

半年の間に船通楼に入った遊女は五人もいた。

それだけ船通楼が客足が多く、遊女の移り変わりが激しいことを示していると仙右衛門は言った。

「貸本屋というのは太鼓持ちのように客の機嫌を取って、遊女たちに洒落本《しゃれぼん》や草双紙《くさぞうし》などを貸して回る商売です。今度ばかりは琴次の口のうまさが役に立った。吉原で市川という源氏名で出ていたいちは、船通楼では千絵の名で出ていることを探り出してきました。すでに板頭《いたがしら》を張るほどの稼ぎ頭だ、この千絵のところに客として建次郎が顔を出してましたよ」

「やはり足抜をする気とみていいか」

「ええ、千絵はすっかり船通楼の楼主の信頼を得て、油断させたつもりでいるようだが、どうしてどうして深川の岡場所の楼主は、吉原なんぞと違います。こっちが騙したつもりで騙される手合いだ」

「今晩遅くとみていいかな」

「まず夜明け前だね」

船が揺れた。

棒手振りに化けた長吉と光助が戻ってきた。

光助が興奮した様子で仙右衛門に報告した。

「いちは千絵という名で出ていらあ」

「おれもそいつを神守様に申し上げたところだ」

「なんでえ、番方はすでにご存じか」

「うまいこと貸本売りの琴次に出くわしてな、おれが汗をかいたわけじゃねえ」

「こっちはよ、船通楼の飯炊きばあさんをおだてあげた上に青物を安く譲って、ようやく訊き出したんだぜ」

「まあ、いいってことよ」

「番方、船通楼には野犬のような面をしたやくざ者が何人も控えているのを知っているかえ」

「琴次はそいつは言わなかったぜ」

「遊女たちのいるのは二階三階だ、滅多に階下には下りてきちゃいけねえことになっていらあ。逃げ出すのを防ぐためだ。この階下の小部屋にやくざ者がごろごろと潜んでいるんだそうで」

岡場所には会所はない。各楼がやくざを雇って自警団を組織していた。

「建次郎も新太郎もいちも下手に動けば、命を落とすことになるぜ」

船の外ではゆっくりと夕暮れが近づいていた。

「いちだけはなんとしても助けたいな」

幹次郎が口を挟む。

足抜したひとり、春駒ことはるは、引き抜きの源次に殺されていた。なによりいちを奪い返せれば、吉原から香瀬川太夫らが消えた脱出の方法が解明できるはずだった。そうなれば、吉原俄楽日の夜を待たずに揚屋町の壱番屋庄右衛門を告発もできた。

「助けとうございますな」

と応じた仙右衛門が幹次郎の顔を正視した。

「なんじゃな、番方」

「汀女様には後で謝りますよ。神守様が千絵の客になって、今晩一晩ぴったりと張りついてくれませんか」

「なにっ」

「船には羽織も袴も用意してございます。神守様は勤番侍の拵えで船通楼の客になってくださいな。それがただひとつ千絵、いやいちの命を守る途《みち》にございますよ」

「それはちと困る……」

「それもこれも経験、吉原裏同心の勤めにございますよ」

仙右衛門が睨む真似をした。

にたりと笑った長吉が羽織袴を幹次郎のところに運んできた。

「お役目ですから、汀女様もなにもおっしゃいませんよ」

幹次郎は番方らの手で髷も衣装も国許から出てきた大名家の勤番侍といった恰好に変えられた。

「神守様は豊後岡藩のご家来だったのです。そのときのことを思い出して応対なされればだれも怪しむ者はありませんよ。ともかく金はけちってはなりませんぜ」

仙右衛門は幹次郎の財布に五両ばかり小判と小粒金を入れて、船から送り出した。

こうなれば覚悟を決めるしかない。

富岡八幡宮の門前を突っ切ると、堀端沿いに西に進み、外記殿橋《げきどのばし》を渡って深川大島町に入った。すると船上から見た大新地の遊所が見えてきた。

吉原は幕府によって監督され、自治組織で運営されていた。

だが、お目こぼしでできた大新地は、遠くから見ても危険の匂いと、男の欲望を刺激する喧騒の色彩と灯りに溢れていた。

遊客たちは猪牙《ちょき》や陸路で着くと福島橋《ふくしまばし》を渡って、大新地に入っていった。

幹次郎は橋の真ん中で足を止め、もう一度振り向くと覚悟を決めて、歩き出した。

「お侍、遊んでいかねえか。若い女郎衆が待ってるぜ」

すぐに牛太郎が声をかけてきた。

「国表《くにおもて》への土産話だ、吉原なんぞは高いばかりで面白くもねえやな。それに比べりゃ、うちはよ、すぐに床入《とこい》りだぜ」

袖を振り払って奥へ進む。

百歩楼を過ぎて船通楼の一際大きな三階建ての楼閣の前に出た。

「勤番さん、遊んでおいきな」

船通楼の客引きはばあさんのような年増だった。

「千絵という女が所望じゃが、今晩ひと晩空いておるか」

「おや、お侍、隅に置けないね。一見《いちげん》さんと思ったら、名指しだよ」

「朋輩が勧めてくれた女じゃ」

「一晩貸し切るとなると遊女の揚げ代一両二分、酒肴料に二分、私の口利きが一分だよ」

年増女は初《うぶ》な勤番とみたか、吹っかけた。

仙右衛門の忠告を守り、年増女の手に一分を握らせ、

「よかろう、一晩借り切りじゃぞ」

と念を押した。

「ご新規さんおひとり、千絵さんの座敷だよ！」

幹次郎は宿の女将らしき女に案内され、大小を差したまま、大階段を上がって三階へ通った。

海に面した窓が開け放たれてあった。

「これは……」

幹次郎は思わず絶句した。

通された座敷から日が暮れた江戸の内海と品川辺りの灯りが望めた。

宵闇の頃合。月があればもっと美しいだろう。

「鉄漿溝に囲まれた吉原なんぞは目じゃございませんよ。今ね、千絵が参りますよ」

女将はそう言い残すと、部屋を出ていった。

漁火《いさりび》が暗い海に光っている。

幹次郎はどこにいるのかも忘れて見入っていた。

「お侍さん」

声がして振り向くと千絵と呼ばれるいちがいた。

「私の名を挙げた朋輩衆とはどなたにございますか」

「山村左近《やまむらさこん》と申す者でな」

「山村様という方はお客に上がられたことはございませぬ」

いちの顔に不審が漂った。

「山村のことだ、本名は名乗っておらぬかもしれんな。もはやそんなことはどうでもよいぞ。この景色を肴《さかな》に酒が呑みたい」

千絵は座敷の入り口に立って幹次郎の顔を見ていたが、

「そうですね、朋輩のことなどどうでもようございますね」

と手を叩いた。

すると女衆が膳部をふたつと酒の入った銚子《ちょうし》と杯を運んできた。が、膳と銚子を置くとさっさと下がっていった。

万事仕来たりの世界が繰り広げられる吉原よりも気軽に遊べるのが深川越中島だった。膳のものも固くなった焼き物とか香のもので、ここが遊女の体だけが目的の場所と教えていた。

「まずおひとつ」

千絵が幹次郎に杯を持たせ、銚子を傾けた。

幹次郎は酒を満たされた杯を膳に置くと、

「独りで呑んでも美味くない」

と銚子を千絵から取り上げ、杯を持たせると酒を注いだ。

「いただきまする」

ふたりは酒を干した。

「うまい」

幹次郎は思わず漏らしていた。

「そなたの名前はなんと申されますな」

ふいに訊かれた幹次郎は思わず、

「神守幹次郎」

と名乗っていた。

千絵がはっとした顔をしたがすぐに感情を消した。

「番方」

菓子売りの恰好で探索に出ていた梅次が船に戻ってきた。

「三度笠に道中合羽のよ、目つきの鋭い男が船通楼の番頭に迎えられて入っていったぜ。あれが引き抜きの源次じゃねえかね」

「なにっ、源次が現われたか」

「番方、神守様と鉢合わせしねえかねえ」

引き抜きの源次のことを聞かされていた長吉が心配した。

「神守様ならなんとでも切り抜けられよう。それより野郎がなぜ船通楼を訪ねてきたかだ」

「使いをもらって駆けつけたって感じだったがね」

「神守様の正体が知れたわけじゃあるまい。建次郎と新太郎がぼろ舟を船通楼の下に着けたのを怪しまれたかもしれない」

「となると千絵と名乗っているいちの企みが宿主に漏れているってことじゃありませんかえ」

「いちの命が危ないな」

仙右衛門は屋根船を堀から船通楼を見渡せる海に戻せと命じた。

「お侍、酒ばかり呑んでないで、床入りしなくていいのかい」

千絵が幹次郎を見据えて、誘った。

隣の部屋には布団が敷いてあるのが見えた。

「夜は長い。海を眺めて酒を呑むのも風流だ」

「こんなところに来る客はだれも風流なんて求めてませんよ、神守幹次郎様」

千絵の物言いに居直ったところが見えた。

「それがしを知っているような口振りだな」

「やっぱり会所の人だ」

「気がついたか」

「どこかで見かけた顔だとは思ってましたがね。女郎衆に手習いを教えている女先生の旦那でしたね」

いちの険しい表情が崩れた。

「いち、足抜した甲斐《かい》があったか」

「年季が半分になるって誘いに乗ったんですけどね、新地での働かされようは半端じゃないや。こんなのんびりした宵は初めてですよ」

いちは銚子を取り上げ、手酌で注いだ。

ぐいっとひと息に呑んだいちが、

「神守様、私をまた吉原に連れ戻すんですか」

と見据えた。

「決めるのはそれがしではない」

「じゃあなぜ越中島まで潜り込んできなさった」

「吉原から忽然《こつぜん》と消えた女郎衆は三人に上る」

「三人……」

いちが呟いた。

「八朔の宵には香瀬川太夫が足抜なされた、おそらくそなたと同じ方法でな」

「なんと松葉屋の花魁が……」

「吉原会所が必死になるのも分かろうというものだ」

いちが頷いた。

「いち、よく聞け。そなたのあとに羽違屋の春駒が消えた。会所ではな、内藤新宿の隠れ宿で働かされているところを突き止めた。が、一歩遅かった、会所に踏み込まれるのを恐れた引き抜きの源次が春駒と手引きをした男を殺した」

「源次が……」

いちの顔に怯えが走った。

「そんなことが……」

「いち、嘘など言わぬ」

いちは顔を嫌々するようにゆっくりと横に振った。そして、無意識のうちに銚子を取り上げたが、酒が入っていなかった。

「神守様、わちきはどうすればいい」

「今宵、そなたらがやろうとする企てを止《や》めることだ。この地の人気《じんき》は荒いと聞いた。おまえばかりか建次郎と新太郎も命を落とすことになるぞ」

「それも承知で」

「このひと月足らずの間、弥五郎新田のおまえの家は見張られていたんだ」

「なんてこと……」

いちは視線を下に落として長いこと考えていたが、ふいに顔を上げて幹次郎を見た。

「神守様、籠の鳥は生涯籠の鳥だね。外に出てみたところでもっと酷《ひど》い地獄が待っていただけだ」

苦笑いしたいちは、

「今晩、呑み明かしませんか。最後の頼みだ、それくらい許してくださいな」

幹次郎が頷いた。

いちは空の銚子を手にすると立った。

「すべてを話してくれるな」

「お約束しますよ。どうせどこへも逃げられはしない身ですから」

いちは廊下に出ていった。


屋根船は船通楼の沖合い二丁（約二百十八メートル）ばかりのところに浮かんでいた。

建次郎と新太郎が潜むぼろ舟は相変わらずその場にひっそりと泊まっていた。

「番方！」

船頭が叫んだ。

三階の庇《ひさし》に女の姿が見えた。

「いちだぜ」
いちは帯を繋ぎ合わせた綱《つな》をぼろ舟の屋根に投げた。
ぼろ舟の小屋から建次郎と新太郎が飛び出てきて、帯の端を摑んだ。
いちは果敢にも帯を摑むと滑り下りようとした。
船通楼と百歩楼の狭い堀に灯りが煌々と点された。
「足抜しようなんて許さねえぜ！」
叫び声が上がった。
幹次郎は異変に気づいて、脇差を帯に差し込み、大刀を手に廊下に出た。
廊下の端に光が走っていた。
「いち！」
突進する幹次郎の行く手に匕首を翳した男たちが殺到してきた。
抜く暇もない強襲だった。
鐺《こじり》でひとり目の鳩尾《みぞおち》を突いた。
げえっ！
男が崩れ落ちた。その体を飛び越えてふたり目が突っ込んできた。
鞘を回して腰に翳した匕首をはたくと足絡みに倒した。

三人目が眼前にいた。

幹次郎は咄嗟《とっさ》に右手一本で脇差を抜き上げ、相手の脇腹を斬撃した。

「囲め！　囲んで斬り伏せろ！」

首領らしき男が叫んだ。

幹次郎は左手に鞘に納まった和泉守藤原兼定を、右手に抜き身の脇差を構えて、廊下を仕切った障子に体当たりして部屋の中に転がり込んだ。兼定を使える場所を選んだのだ。

立ち上がりながら素早く兼定を腰に差した。

部屋に船通楼の用心棒が殺到してきた。


いちはそのとき果敢にも帯一本に身を託して、庇から身を乗り出していた。

「いち！」

「姉ちゃん！」

ぼろ舟から許婚と弟の悲痛な声が上がって、いちを激励した。

仙右衛門らの屋根船はぼろ舟に三十間（約五十五メートル）ばかりのところに迫っていた。

三階の庇にひとつの影が躍り出た。

「女郎、引き抜きの源次様を出し抜こうなんて甘いんだよ」

源次の片手が帯を掴むともういっぽうの手に匕首が光り、いちが恐怖にまぶされた顔を上げた。

「源次さん、ゆ、許してくださいな」

源次の左手が帯を手繰《たぐ》り寄せると非情にも匕首が閃いた。

いちの首筋から上がった血飛沫が灯りに浮かび、
げえっ！

という叫びを漏らしたいちの手がずるずると帯を走って、虚空を落ちていった。

「姉ちゃん！」

ぼろ舟からふたたび悲痛な叫びが上がり、船通楼の用心棒たちが建次郎と新太郎に殺到した。

そのときには、引き抜きの源次の姿は庇から消えていた。

「いち、死ぬな！」

建次郎がいちの落ちた水面に走り寄ろうとして、用心棒のひとりに行く手を阻《はば》まれた。

「いち、いち！」

よろめきながら舟べりを歩く建次郎の腹に匕首が襲い、刺さった。

「な、なんだよ！」

仰向けに水面に浮かび上がったいちの傍らに建次郎も落ちていった。

そのとき、屋根船がぼろ舟に舳先《へさき》をぶつけるように泊まった。仙右衛門たちが新太郎を囲んで、船通楼の用心棒たちと対峙《たいじ》した。

「足抜の助っ人か！」

やくざの兄貴分が叫んだ。

「吉原四郎兵衛会所の番方仙右衛門だ。船通楼の楼主、時助《ときすけ》はいるか」

仙右衛門の声に二階の窓からどてらを羽織った時助が顔を覗かせた。

「時助、御免の色里から足抜させた女郎に越中島でぬけぬけと客を取らせていた罪はちいとばかり重いぜ。面番所の隠密廻り同心を差し向けるか、会所と一戦を交えるか、どちらでも好きな道を選びねえ！」

沈黙があった。

そして、船通楼の時助が言い訳した。

「知らねえ、おれは千絵が吉原の女郎だったなんてこれっぽっちも知らなかった」

「時助、そんな言い訳で通ると思うな。明日、四郎兵衛様がきっちり挨拶に見えるぜ。そんとき、隠密廻り同心を伴うかどうかはおめえの考えひとつだ」

仙右衛門の啖呵《たんか》を幹次郎は匕首に囲まれて聞いた。

「引け、引けっ！」

幹次郎の眼前から匕首を翳した男たちが慌ただしく姿を消した。

漁火の　海をしとねの　許婚

第五章　吉原俄《にわか》総踊り

一

神守幹次郎は、吉原の北西、鉄漿溝と黒板塀を望む入会地の小高い丘に黙然《もくねん》と座っていた。

深川越中島の対決から一日が過ぎて、明日は吉原俄の楽日だ。

幹次郎はいちをむざむざ殺してしまった自責の念に駆られていた。

あの夜明け、吉原の会所奥座敷で四郎兵衛は待っていた。

番方の仙右衛門からの報告を沈黙のままに受け終えた四郎兵衛に、幹次郎は頭を畳に擦りつけて詫びた。

「四郎兵衛どの、いちの殺された責めは番方にはない。それがし、番方からいちの命を守るように命じられながら、油断をした。偏《ひとえ》にそれがしの失態にございます」

平伏する幹次郎を四郎兵衛は黙りこくって見ていたが、

「いちは一番よい道を選んだのかもしれませぬよ」

と呟いた。

幹次郎は少しばかり顔を上げて、上目遣《うわめづか》いに四郎兵衛を見上げた。

「神守様、面《おもて》を上げなされ」

「はっ、はい」

「いちを連れ戻しても、磐城楼ではこれまでのように新造で出すわけにはいきませんや。吉原の外の岡場所で男に抱かれた身だ。羅生門河岸の切見世とはいかないまでも、格を落として、連日連夜客を取って稼がせられます。それが生涯続くことになる。非情と思われるかもしれないが、磐城楼では女衒にそれだけのものを払っているんですよ。お分かりですな」

「そのことはいちも承知しておりました」

幹次郎はいちと最後に交わした会話を告げた。

「そうでしたか。神守様が会所の者と知っていましたか」

「ならば神守様に客として上がるよう勧めたこの仙右衛門のしくじりだ」

仙右衛門が口を挟んだ。

「番方、神守様、二度は言わない。いちはあれでよかったのです。それしか男と添い遂げる途はありませんや」

幹次郎らはいちと建次郎の亡骸を船に回収すると泣きじゃくる新太郎を伴い、山谷堀に戻ってきた。

磐城楼の楼主にいちこと市川の死体を確認させた四郎兵衛は吉原の遊女の籍からいちの名を抜き消し、若い衆を伴わせて千住外れの弥五郎新田の家に送らせた。

その昼前、深川越中島の船通楼の宿主の時助が深川の顔役で女衒の大力《たいりき》の松五《まつご》郎《ろう》を仲介に立てて、詫びに来た。

幹次郎は船通楼の主がどれほどの詫び料を磐城楼と会所に支払ったか知らない。磐城楼がいちを戻されるよりも満足したことは、会所を出ていく姿を見ただけで分かった。

だが、幹次郎の心は晴れなかった。

（いちを殺した……）

その思いが幹次郎にわだかまりを黒く残していた。

汀女は、

「幹どの、いち様がそなたに助けを求めて亡くなられたのであれば、その責めは幹どのにもございましょう。じゃが、いち様は越中島からも逃げようとして殺されなすった。仕方のないことでございます」

と慰めてくれた。

幹次郎は釈然《しゃくぜん》としない気持ちを抱いて、昼下がりの吉原を眺めていた。

吉原の上を千切れ雲がゆっくりと流れていく。

幹次郎は雲が漂う先に視線を預け、

(いち、そなたに夢を持たせた連中をこのままにはしておかぬ)

と心に誓いながら、地上へとまた目を戻した。すると大工の竹造が殺されていた入会地の小川が目に映った。

幹次郎は立ち上がった。

手にしていた和泉守藤原兼定を腰に差し戻した。

視線を吉原に戻す。すると築山が美しい天宝院が、壱番屋の跳ね橋が見えた。

幹次郎は両足を広げて、腰を沈めた。

兼定の柄に手をかけ、呼吸を整えると柄から手を離してゆっくり虚空へ差し出した。

幹次郎の脳裏には眼志流の浪返しの架空の軌跡が思い描かれていた。

音もなく鞘走って刃が光り、円弧を描いて伸びていく。

幹次郎の腰を起点に三分の二周ほど描き切った光を手元に引き寄せ、鞘に納める。

刀を抜くことなく行われる一連の動作は水が流れるように始まり、終わった。

さらに何十回となく同じ動きを繰り返した幹次郎の額に汗が光った。

姿勢を正した。

呼吸を整えた。

視線を虚空に預け、静かに息を吸った。

腰が沈んだ。

兼定の柄に手がかかり、閃いた。

二尺三寸七分の兼定が秋の大気を裂いて走った。

光は美しい弧を描くと、次の瞬間には腰の鞘に納まっていた。

乾いた鍔鳴りが響いた。

「神守様」

振り向くと会所の若い衆、梅次が遠慮げに立っていた。

「四郎兵衛様がお呼びにございます」

「今、参る」

入会地の小高い丘から下りた幹次郎は畔に立つ梅次と肩を並べた。

会所の奥座敷には四郎兵衛と仙右衛門が待っていた。

四郎兵衛がうっすらと光った幹次郎の額の汗を見て、言った。

「壱番屋の庄右衛門らが狙いをつけた遊女は江戸一にある松亀楼《しょうきろう》の花染《はなぞめ》か、揚屋町にある楽新楼《らくしんろう》の藤紫《ふじむらさき》のどちらかと思えます」

「なにか怪しい動きがふたりの周辺に見つかりましたか」

「客筋に怪しい者が交じっていた。医師、儒学者《じゅがくしゃ》と称しているが坊主かもしれぬ」

「香瀬川太夫とも繋がりを持った崇堪ですか」

「おそらく……」

と答えた四郎兵衛は、

「その者は壱番屋から登楼しております。それに花染の母親は病気、藤紫は武州《ぶしゅう》の小川村《おがわむら》に許婚を残しておりました。今年になって文を交わした形跡もあった……」

と答えた四郎兵衛が、

「ふたりの遊女の楼主と話し、密かに座敷の床下を調べました。ありましたよ、楼の外に抜け道がねえ」

「ならばそこを押さえればいい」

「すでに見張りがついています。足抜をやるとしたら俄の楽日の明晩じゃが……」

と呟いた。

「妙音院の賭場の胴元、雷の南五郎一家はいかがにございますか」

長吉らが、源次、庄右衛門と繋がる田原町の一家に張りついていた。

「引き抜きの源次は越中島から姿を消した後、雷のところに出入りする様子はございません。油断のならない野郎だ。どこぞに隠れ家を持っているのでしょうな。ですが、足抜となれば、嫌でも野郎が出てきますよ」

「勝負は明晩とみて間違いござるまいな」

「まず相違あるまい。ともあれ、神守様、日のあるうちは体を休めておくことです」

四郎兵衛はいちのことで幹次郎が思い詰めぬように話をしたかったようだ。

「長屋に戻っておりましょう」

幹次郎が仲之町に出ると鉦《かね》や太鼓や笛など俄の調べが流れてきた。

幹次郎は大門口から衣紋坂を上がって日本堤に出た。すると深編笠を被って顔を隠した勤番侍らが徒歩で昼見世に行く光景に出くわした。

山谷堀に穏やかな日差しが落ちて、水が秋の色にきらめいていた。

土手八丁から編笠茶屋の間の道を抜けると風景が変わった。

町家が道の左右に細く繋がり、その先は浅草田圃が広がっていた。さらにその背後には浅草寺の本堂が澄んだ空にくっきりと見えてきた。

「幹どの」

左兵衛長屋の木戸を曲がろうとすると、汀女が戸口でどこぞの子供と話していた。

「そなたを訪ねてこられたお子じゃ」

振り向いたのは殺された大工の竹造と同じ長屋に住む富吉だった。

「お侍、この前の話、嘘じゃねえな」

「なんぞ思い出したら二朱を小遣いにやるという話か」

「そうだよ」

「なにを思い出した」

富吉は汀女の顔をちらりと見て、

「金が先だ」

と言った。

汀女が笑い、

「幹どの、約束なされたのなら、仕方ありませぬよ」

幹次郎は財布から二朱を出すと富吉に渡した。

「母者《ははじゃ》に申せ。怪しい金ではないとな」

「ああ、これで米が買えらあ」

と富吉が笑みを浮かべた。

「なにっ、そなたは二朱で米を買うというのか」

「うちはお父《とう》がいねえからよ、おっ母《かあ》の稼ぎで一家五人が食べておるのよ。男のおれが助けるのは当たり前だ」

富吉は胸を張った。

「感心なことじゃ」

富吉は照れたように手を顔の前で振って言った。

「昨日さ、じいさんが竹造を訪ねてきたんだ。大方、酒代でも借りに来たんじゃねえか。竹造が死んだと聞いてがっかりしていたぜ」

「じいさんか……」

竹造にそんなじい様がいたのか。

そんな話で二朱か、高くついたなと幹次郎はちょっぴり後悔していた。すると富吉が幹次郎のがっかりした顔をうれしそうに見て、言い出した。

「お侍、徳松《とくまつ》ってじいさんよ、竹造が春先に長屋を空けたときの仲間だぜ」

「なんだと」

「だからさ、危ない稼ぎをしたときの仕事仲間だよ」

幹次郎は早とちりを悔《く》いた。

「徳松の長屋は訊き出したか」

「富公様に抜け目はねえよ。じいさんのあとをつけて、突き止めてあらあ」

「案内してくれるか」

「おおっ、それも二朱のうちだ」

汀女が笑って言った。

「富吉どの、帰りにうちの長屋に寄ってくれませんか」

富吉が汀女を振り返った。

「お米や野菜なんぞを用意しておきます。そなたが担げるだけな、母上に持っていってくださいな」

「おかみさん、ありがとうよ」

勇んだ富公が、行くぜと案内に立った。


徳松の長屋は大川の向こう岸、源森川《げんもりがわ》の岸辺に広がる小梅瓦町《こうめかわらちょう》にあって、長屋全体が傾きかけた上に大雨が降ると浸水しそうな低地に立っていた。

「徳松じいさんよ、大工とは名ばかり、仕事がとろいんでよ、親方から愛想《あいそ》尽かされてさ。近ごろじゃこの近所の瓦造りで日傭《ひやとい》をして食いぶちを稼いでいるらしい。それもこれも大酒のせいさ、手に震えがきてんだ。その上、朝が起きられねえ。そんでよ、瓦屋からも声がかからなくなってるらしいや」

長屋の木戸口で富吉が説明してくれた。尾行したとき、調べたことのようだ。

井戸端で女たちが野菜のくずをより分けていた。

小梅村の百姓からもらってきたものか。

「徳松じいさんはいるかな」

「いるに決まってら、仕事も銭もねえんだからよ」

富吉は破れ障子を引き開けた。

「じいさん、客だ」

徳松は破れ布団にくるまって座っていた。

こけた頬に無精髯が汚ならしく伸びて、歯も欠けていた。目だけがぎらぎらと光って訪問者を睨み据えた。

「おめえはだれだ」

「おれのことなんかどうでもいいさ。竹造のことでさ、このお侍がじいさんに訊きたいとよ」

富吉が大声を張り上げた。

「さけ……」

という言葉が漏れた。

幹次郎の背後に野菜くずをより分けていた女のひとりが立ち、

「じい様ったら、酒のことしか頭にないんだから……」

と言い、

「お侍、徳松じいさんにものを訊こうなんて土台無理な話だよ。近ごろじゃ厠に行くのがやっとだよ」

「めしはどうしておる」

「長屋の連中が世話してら、それでなんとか息だけはしてるのさ」

女の言葉は乱暴だったが、温もりが感じられた。

「正気のときはないか」

「正気かどうかは分からないけど酒を呑ませると一時《いっとき》は元気になるよ、ほんの一瞬だけどね」

幹次郎は女から徳松に視線を戻した。

「酒……」

と徳松が呟いた。

「富吉、近くの酒屋に走ってくれぬか」

「無駄と思うけどな……」

と言いながらも富吉は、水瓶《みずがめ》の傍に転がっていた空徳利を掴んだ。

幹次郎が酒代を渡すと富吉が徳利を提げて飛び出していった。

幹次郎は上がり框に散らかったぼろ着をどかすと腰を下ろした。

「徳松、竹造とは古い馴染か」

「竹造……」

徳松の濁った眼は虚空を彷徨《さまよ》った。が、返答はなかった。

「竹造たあ、だれだ」

「仕事仲間だろうが」

「竹造な、久しく会ってねえや」

「昨日、竹造の長屋を訪ねたそうではないか」

「そうだったかな」

徳松は呟くと言った。

「酒が欲しい」

「今、買いに走っておる」

三つ子をなだめるような話を繰り返していると富吉が徳利をぶら下げて戻ってきた。

幹次郎はけば立った畳に転がっていた茶碗を拾うと徳松に握らせた。

富吉が栓を抜いて酒をその茶碗に注いだ。

「じいさん、ゆっくり呑むんだぜ、こぼすなよ」

震える痩せた両手に摑んだ茶碗のほうへ口が迎えにいった。

「ちゅちゅちゅちゅう……」

と吸った後、茶碗の底を持ち上げて、

「くうっくうっ……」

と喉を鳴らして、徳松は一息に呑み干した。

「体に毒だぜ」

と言った富吉が、

「もう遅いか」

と呟いた。

「酒をくれ」

「じいさん、お侍に話をするのが先だ」

富吉は徳利をしっかり胸に握り締めていた。

「な、なにが知りたい」

「竹造とどこに仕事に行ったな」

「いつのことだ」

「おめえらは春先から何か月も留守をしてよ、仕事をしたろ。そのことをお侍は訊いてるんだよ」

富吉が焦《じ》れたように幹次郎に代わって訊いた。

「ああ、あれか。穴を掘った……」

「穴を掘ったとな」

今度は幹次郎が訊き返した。

「ああ、もぐらみてえによ、昼も夜も土を掻《か》い出した、酒をくれ」

富吉が幹次郎の顔を見て、

「もう一杯呑ませてみようか」

と訊き、幹次郎が頷いた。

富吉が酒を注ぎながら、嘆いた。

「じいさん、酒の代ぶんくらい思い出せ、おれの体面もあらあ」

徳松の視線は注がれる酒にしか行ってない。

茶碗が満たされると口から持っていき、ぴちゃぴちゃと嘗《な》めた後、喉が鳴り出した。

「穴を掘ったのはどこだ」

「暗いとこだ」

「穴は暗いに決まってら、ちったあはっきりしろ」

富吉が怒鳴った。

「目隠しして連れていかれた、怖いとこだ」

「怖いとはどういうことか」

「仕事しねえと殴られたり、蹴られたりしたぜ」

幹次郎はある風景を脳裏に描いた。

「仕事したところは江戸のうちだな、川の向こうだな」

「川向こうかな……」

徳松が曖昧に首を振り、空の茶碗を突き出した。

「寝泊まりしたのはどこだ」

「……寝泊まり」

「めしはどこで食べた、酒は呑んだか」

「酒は呑み放題だった……」

徳松は夢見るように言うと茶碗をまた富吉の前に差し出した。

「じいさん、思い出さないと酒はやらないぜ」

「線香臭いとこでよ……」

「線香臭い、寺か」

「ああ、寺だ、寺だったぜ」

茶碗が三度満たされ、すぐに徳松の胃の腑《ふ》に消えた。赤みが差した顔がとろりとして、徳松はそのままごろりと横になった。空の茶碗が破れ畳に転がった。

「役に立ったかい」

「立ったどころではないわ。二朱は安かったな」

幹次郎が言い、富吉がにやりと笑った。

二

吉原では騒ぎが起こっていた。

夜見世が始まろうとした刻限、揚屋町から大勢の男女がひょっとこやおかめの面をつけて踊りながら、仲之町の俄の舞台に進み始めた。

「楽《らく》は明日というのによ、晦日前から張り切っているぜ」

「ここんとこ景気が悪いや。せめて吉原だけでもよ、ふた晩続きの総踊りで元気をつけようという算段じゃねえか」

「景気はつけたいけどよ、こちとらの懐は北風が吹いてらあ」

「おめえの財布があったまったときがあるかえ」

「糞っ！　座敷でよ、花魁と差し向かいになりてえな」

「なにが花魁だ。おめえの敵娼はひょっとこの面よりひでえ切見世女郎じゃねえか」

「おきやがれ、おめえのとどう違うってんだよ」

仲之町を冷やかして歩く客から声が上がった。

「おや、女郎たちもお面をつけて踊りに加わったぜ」

「切見世にも上がれねえ、おめえのためにせめて俄だけでも見せてくれるとよ」

あちらこちらから女郎衆も現われ、即興の踊りを演じながら俄の群れに加わった。

笛が高鳴り、鉦や太鼓が勢いをましてお囃子《はやし》が賑やかになった。

急に仲之町の通りが晴れやかになった。

知らせを受けた四郎兵衛は首を捻った。

「番方、晦日前に総踊りの仕掛けがあったかえ」

「聞いておりませんが」

仙右衛門が訝しげに眉を顰《ひそ》めた。

「俄の衆は最初どこの町内から出てきたな」

「四郎兵衛様、それが揚屋町筋なんで」

「番方、松亀楼と楽新楼に人を走らせよ」

四郎兵衛は花染太夫と藤紫太夫がいるかどうか調べよと命じていた。

「へえっ、わっしが」

仙右衛門自身が会所の奥座敷を飛び出していった。

(壱番屋の庄右衛門め、七代目の四郎兵衛を嘗《な》めてくれたものよ)

四郎兵衛は騒ぐ胸を鎮めるために煙管に刻みを詰めて、火を点《つ》けた。

紫煙がゆっくりと漂った。

日本橋の元吉原から浅草裏の新吉原に移って百有余年、花魁と呼ばれる女郎を次々に足抜させようとは前代未聞のことであった。

「四郎兵衛様！」

仙右衛門が血相変えて飛び込んできた。

「花染も藤紫も楼から姿を消してますぜ」

「なんだと」

四郎兵衛は手にしていた煙管を煙草盆に打ちつけた。

羅宇《らお》が折れて火口《ほくち》が飛んだ。

「姿を消したのはいつのことか」

「俄が賑わいを見せ始めた前後らしゅうございます」

「仲之町の様子はどうか」

「まるで楽日の俄が今晩に前倒しになったような按配《あんばい》でございますよ」

「仙右衛門、大門口の見張りを厳重にせよ」

「へえっ」

「手が余っている者に花染と藤紫を捜させるのです」

奥座敷から仙右衛門が飛び出していき、四郎兵衛も会所の表口に体を運んだ。

大門口から火の見櫓のある突き当たりまで延びた京間百三十五間の仲之町は、まるで芋《いも》の子を洗うような騒ぎだ。

通りの中央に建てられた俄の舞台で、女郎衆、芸妓、太鼓持ちなどが思い思いの面をつけて、囃子の調べに乗って踊っていた。それを夜見世に来た遊客たちが大騒ぎしながら見物していた。

(庄右衛門め、虚仮《こけ》にしおったな)

四郎兵衛が歯ぎしりをしたとき、松亀楼の楼主の太兵衛《たへえ》が青い顔で吹っ飛んできた。

「四郎兵衛さん、まさか花染は足抜したんじゃあるまいね」

「大門口はいつにも増して見張りを厳しくした」

「そうはおっしゃるが香瀬川は里から忽然と姿を消したじゃないか」

「太兵衛さん、なぜ花染を外に出した」

「それがさ、気がついたときには女郎たち全員が顔に面などつけて踊り出していたんだ。いつの間におかめの面などを準備していたか」

太兵衛が答えたとき、楽新楼の次左衛門《じざえもん》が姿を見せて、

「そりゃさ、揚屋町の壱番屋がさ、日頃のお礼にって奉公人全員に配っていったもんだよ。あたしゃ、明晩に使うものとばかり思っていたよ」

出し抜かれたと四郎兵衛は胸のうちで歯ぎしりした。

「太兵衛さん、次左衛門さん、ふたりの花魁はこの総踊りの輪の中にいないとも限らないんだ。今しばらく楼に戻って待ってはくれまいか」

楼主たちが顔を見合わせ、太兵衛が、

「七代目、今度の一件の始末次第じゃ、おまえさんの首も危ないよ」

と嫌味を言った。

「太兵衛さん、身の処し方くらいは承知しておる。だが、今はそんなときでもあるまい」

「そうだ、七代目の言う通り、今少し様子をみようか」

と次左衛門に促されて、太兵衛も人込みの中に消えていった。

「四郎兵衛様」

仙右衛門が緊張に顔を引きつらせて立っていた。

「壱番屋に潜り込ませてくだせえ」

「ふたりの花魁が見つからなかったときにはどうなるな」

「さてそれは……」

「ここは我慢のときだ。辛抱して行方を探せ」

四郎兵衛が言ったとき、大門口を潜って幹次郎が独り姿を見せた。

「おお、神守様」

「この騒ぎはなんでございますな」

「壱番屋め、晦日の俄楽日を今宵に前倒ししおった」

「なんと……」

「花染と藤紫、ふたりの遊女も姿を消したんで」

仙右衛門が言った。

幹次郎は、

「ちとお耳に入れたき話がございます」

とふたりに会所に入るように促した。


夕刻から風が吹き始めていた。

冬が忍び寄っていることを示すような冷たい風だ。

浅草寺門前の田原町の雷の南五郎の戸口に親分の南五郎を始め、代貸の鉄砲水の皆吉、それに銭箱を担がされた子分たち、用心棒の浪人者三人が立った。

いつものように賭場の立つ妙音院に向かうのだろう。

戸口にかけられた灯りが雷の南五郎の四角い顔を照らした。

「行ってらっしゃい」

「ご苦労さんにござんす」

南五郎の女房や子分たちに見送られて、一行は賭場に向かった。

吉原の会所の長吉と梅次は、一行に半丁ほどの間を置いて尾行していった。

いつもの道筋でいつもの顔触れだ。

妙音院の賭場は五つ過ぎに開き、明け方には閉じられた。

広小路に出た雷の一行は雷御門を潜った。

浅草寺門前で一家を構えた南五郎が雷を名乗るのは御門の雷神からの由来だ。だからこそ一家の稼ぎ場の賭場に向かうとき、南五郎は必ず御門を潜って由来の雷神に、次に風神に挨拶し、参道を進むと正面の階段を上がって本堂に参内《さんだい》する。

この後、南五郎は本堂横手の出口から出て、大川へ開いた随身門《ずいじんもん》を潜ると妙音院へ向かうのだ。

この夜も同じ道を辿った。

長吉と梅次は雷の南五郎らが石段を上がって薄暗い本堂に入り、ご本尊の観音様に手を合わせて賽銭《さいせん》を投げ入れたのを絵馬堂《えまどう》から見ていた。

一行は数瞬、長吉たちの視界から消えてすぐに横手から出てきた。

随身門に向かう一行のうち、雷の南五郎が本堂の暗闇の中ですり替わったことを長吉は見落とした。

雷の南五郎は自分と体つきがそっくりな子分に、その日着ていた唐桟《とうざん》縞の着物と羽織を着せてあらかじめ本堂の暗がりに待機させていたのだ。

本物の南五郎は偽者の南五郎らのあとを長吉らが尾行していくのを本堂の中からせせら笑いを頬に浮かべて見送った。

「馬鹿めが……」

南五郎は本堂を出るとその裏手に回った。するとそこに五人の浪人たちが待機していて、二丁の空駕籠が置かれてあった。

東軍流《とうぐんりゅう》免許皆伝《かいでん》の豊嶋軍太夫《とよしまぐんだゆう》に指揮された者たちは雷の一家の中でも腕利きの剣客として知られ、数々の修羅場《しゅらば》を潜ってきた連中だ。

「うまくいきましたな」

「吉原の四郎兵衛会所のやることぐらいお見通しだ」

豊嶋の言葉に南五郎が答えた。

「この一件にはかなりの金を使ってんだ。そうそう簡単に潰されてたまるものか」

「参るか」

豊嶋が四人の手下に合図した。

浪人四人が憮然とした顔で空駕籠を担いだ。

棒先には提灯がぶら下げられていた。

南五郎と豊嶋が肩を並べて先に立ち、二丁の駕籠が続いた。

一行は御成門《おなりもん》から浅草寺の裏手、浅草寺中の畑屋敷の前に出るとその道を西に進んでいった。

右手に不夜城吉原の灯りがおぼろに見えて、俄の総踊りの賑わいが風に乗って聞こえてきた。

「ただねえ、壱番屋の庄右衛門が偽の文に釣り出されたのはまずかったな」

「揚屋町の名主と威張っても所詮《しょせん》は素人だ、度胸がない」

「さようで」

「あの偽の文は四郎兵衛の知恵か」

「間違いなくあの狸《たぬき》の仕業ですよ」

「どうしたものかな」

「豊嶋先生、江戸の大工たちを助っ人に使ったのは失敗だったかねえ」

南五郎がふいに話題を転じた。

「竹造とか申す叩き大工か。心配ござらぬ、口は封じてある」

「引き抜きの源次が甲州から連れてきた金山《きんざん》の採掘の連中だけでは手が足りなかったからね」

「親分、竹造の一件はあの仕事にかかわった江戸の連中に知れておるよ。もはや竹造のように雷の親分を強請《ゆす》ろうなんて、馬鹿は出てきますまい」

「それならばいいがねえ……」

「なにか心配がござるか」

暗い入会地を真っ直ぐに延びた道が慶印寺《けいいんじ》の塀にぶつかった。

一行は右に折れた。

闇が深さを増し、風が冷たさを加えた。

田圃道の右手には疏水《そすい》が流れていた。

「いやさ、次の日のことだ。小川で見つかった竹造の死体の調べが行われたときよ、四郎兵衛会所に雇われておる浪人者がその調べを見ていたというんだ。なんぞ嗅ぎつけやがったか」

「親分、あれはたまたま通りかかったのであろう」

「代貸の鉄砲水の皆吉があの浪人は油断がならねえと言うんだがね」

「腕が立つというのか」

「皆吉の調べではねえ、年上の女房も吉原の女郎どもに読み書きから俳諧まで教えておるそうな。女郎がふと漏らした言葉が女房の口から会所に伝わり、騒ぎを芽のうちに潰すのだそうだ」

「亭主の役目はなんだな」

「吉原の面番所で始末できねえものをさ、四郎兵衛の命であの浪人がやっているのさ。皆吉は神守幹次郎が剣を使うところを見たそうだが、豊嶋先生、あんたに負けず劣らずの腕前らしいぜ」

「始末致すか」

体面を傷つけられたように豊嶋軍太夫が刀の柄を叩いた。

「今晩の一件が終わってからのことですぜ」

「いつでも命じてくれ」

「ともかく先生さ、会所を恐れることはねえが嘗めてもいけねえ」

行く手の闇に目的の地がおぼろに見えてきた。


長吉は妙音院の姥ケ池に浮かべた苫舟の中で、胸騒ぎを覚えていた。

どこかが妙なのだ。

そのことを梅次に言うと、

「兄い、いつもと変わりないぜ、なにがおかしい」

と反論した。

「そのな、いつもと変わらねえところがどうも変なんだ」

妙音院の賭場は今日も盛況だった。次から次へと旗本の次男坊や大店の旦那衆、浅草寺中の坊主から遊び人まで山門を潜っていた。

「兄いがそう言うのが変だぜ」

「梅次、舟を塀下に着けてくれ」

「忍び込むのかえ」

「ああ、たしかめてえ」

苫舟が塀際に移動して、長吉は素早く忍びの恰好に姿を変えると苫舟の屋根から塀に飛びついていた。

先日の夜も番方の仙右衛門と神守幹次郎のふたりが境内に忍び入っていた。

ひとりだがなんとかなると長吉は気を引き締めて、塀から庭に飛び下りた。

寺社奉行にお目こぼし料を払って開かれている賭場は、本堂から宿房までを使って賑やかに行われていた。

長吉は山門と庭を警戒する雷の南五郎の手下たちの隙をついて、寺の床下に潜り込んだ。湿気臭い匂いが鼻をついた。だが、外よりも温かかった。

駒札と金の交換は庫裏で行われていると仙右衛門から聞いていた。

雷の南五郎らが控えているとしたら、まず銭箱の傍だろう。そう見当をつけた長吉は床下を移動していった。

「代貸、少しばかり駒札を回してくれめえか」

負けが込んだ客の声が聞こえた。

「いいとも、棟梁。だがな、これまでにだいぶ溜まっているぜ、いったんそっちの支払いを済ませてもらおうか」

鉄砲水の皆吉の声が応じた。

「代貸、おめえじゃ、話にならねえや。親分はどこにいなさる、直に掛け合おうじゃねえか。おれと雷たあ、長い付き合いだ」

「親分は奥で大事な客人と用談中だ。会うことはできねえよ」

「ならば、おれの方で出向こうか」

床に転がる音がして悲鳴が聞こえた。

「なにしやがる、さんぴん！」

「棟梁、親分もおめえには愛想尽かしてんだよ。うちの先生方がだんびらを抜かねえうちに家に帰《けえ》りなせえ。明日にはおれが直々におめえの家に行ってよ、借金のけりをきちんとつけるぜ」

「ふざけたことを抜かすな、おれも棟梁と呼ばれる男だ。いったん言い出したんだ、なにがなんでも駒を回してもらうぜ」

長吉は騒ぎの場を離れて、雷の南五郎が客と用談しているという奥に向かった。

床下を四半刻も這い回ったか。

「おい、朝太郎《あさたろう》、親分の身代わりは楽でいいな」

という声を聞いた。

（親分の身代わりとはどういうことだ……）

「おめえが言うほど楽でもねえぜ。退屈で退屈でよ、酒など持ってきてくれめいか」

「鉄砲水の兄いにどやされらあ、今夜一晩雷の南五郎を演じねえな」

「親分はどこへ行かれたんだ」

「そんなこと知るかえ」

（しまった！　ドジを踏んだ）

長吉は床下を這い出ると庭を突っ切って塀によじ登った。

（糞っ！　撒かれたとしたら浅草寺の本堂の中だ）

苫舟の屋根に飛び下りた長吉は、

「梅次、会所に戻るぜ、舟を岸に着けろ！」

と叫んでいた。


「どえらいことを考えられましたな」

四郎兵衛が呻いた。

「さよう、おそらく引き抜きの源次が考え、壱番屋の主と雷の南五郎親分が金を出して行ったこと……」

幹次郎が答えた。

四郎兵衛、幹次郎、仙右衛門の三人は幹次郎が昼間座り込んでいた入会地の丘に立っていた。少し離れたところに会所の若い衆がひとり控えている。

「いえ、悪党らが銭に目がくらんで、いろいろな悪さを考え出すのについちゃあ、驚きもしませんよ。どえらいことと申し上げたのは、神守幹次郎様の頭《おつむ》にございますって」

「四郎兵衛様はさようなことはないと申されますか」

「元和三年（一六一七）、庄司甚右衛門《しょうじじんえもん》様が元吉原の許しを得て以来、百七十年余りの歳月を重ねましたが地中に穴を掘って花魁を足抜させようなんて、考えた者はおりませぬ。それをしてのけた者がいて、そいつを神守様は見破られた……」

「大工の徳松じいさんがうろ覚えに記憶していたことを繋げれば、そうとしか考えられぬ」

「壱番屋に逃げ込んだ花魁を地中に掘り抜いた穴を使って、鉄漿溝の下を潜り、天宝院の敷地へと逃がすなんぞ、大したことを考えたものですぜ」

仙右衛門が感嘆した声を上げた。

「天宝院は数年前まで無住の廃寺でしたがな、二年前に妙音院の手で手入れされ、法膳《ほうぜん》とかいう坊主が住職として通っていく分寺だ。神守様に言われるまで、住職がだれかさえ、考えもしませんでしたよ」

「香瀬川太夫と香の話をともにした崇堪と申す坊主が法膳ではあるまいか」

「考えられます」

と四郎兵衛が答え、訊いた。

「壱番屋から天宝院までどれほどありましょうかな」

「まずは一丁（約百九メートル）とはありますまい」

幹次郎が答えた。

「掘り抜いた泥で庭に築山をいくつも造ったとはなかなかの知恵者……」

「おそらく大工の竹造はどこに寝泊まりして働かされていたか、承知していたのです。雷の南五郎から金を強請り取ろうとしたか、あるいは先に天宝院を確かめに行ったか。ともかく南五郎の手の者に見つかり、殺されたのでございましょうな」

提灯の灯りが入会地の田圃道に浮かんだ。

三人は丘の上にしゃがんだ。

「なんとなんと、乗り物まで用意して雷の南五郎親分のお出ましだ……」

仙右衛門が呟いた。

「これではっきりしましたな」

「どうやら引き抜きの源次は穴を使って吉原に入り込んでおりますな」

「いくら里の外を探しても見つからぬはずだ」

「花染と藤紫も壱番屋の床下に掘られた穴の入り口に源次と一緒に潜んでいるというわけで」

仙右衛門が訊き、

「ええ、駕籠が二丁運ばれてくるところをみると、頃合を計って天宝院に這いずってこようという算段だ」

と幹次郎が答えた。

「四郎兵衛様、どうされますな」

「番方、吉原を虚仮にした者の末路は決まってます」

闇の中に四郎兵衛の声が非情にも決然と響いた。

三

幹次郎と相談した四郎兵衛は若い衆を会所に走らせ、壱番屋の表と裏に密かに人員を配置せよと伝えさせた。

「こちらは三人で乗り込むので」

仙右衛門が四郎兵衛に訊いた。

「足りませぬか」

四郎兵衛が幹次郎に訊いた。

「ふいを突けば、仙右衛門どのとふたりでなんとでもなりましょう。遊女らに怪我を負わせるのが一番怖い」

「そいつは年寄りに任せてもらいましょうか」

四郎兵衛は平然と答えた。


天宝院の本堂の畳が四枚ほど外され、床板も取り除かれていた。

床下には三尺四方の縦穴が地中に掘られて、梯子《はしご》が下りていた。

暗黒の穴を妙音院から派遣されてきた天宝院住職法膳が覗き込んでいた。赤い顔をしているところをみると床に置かれた大徳利の酒を呑みながら、ときが来るのを待っていた様子だ。

ふいに風が本堂内に吹き抜けた。

法膳が視線を戸口に向けると雷の南五郎らが入ってきた。

「法膳さんよ、そろそろ刻限かな」

「もう現われてもいいころですよ、親分」

「山谷堀には、遊女を乗せるにはちと臭いがおわい船も待たせてある」

南五郎が笑った。

「ふたりして都落ちされるのは忍びないな」

すにかぎるぜ」

「江戸に置いときゃあ、四郎兵衛に嗅ぎつけられらあ。田舎のお大尽に売り飛ばすにかぎるぜ」

「知らぬは女ばかりなりか」

「そいつは言っちゃならねえよ」

「親分さん、今度ばかりはいろいろ働かされましたぞ」

「おめえさんが黒塀越しに見ているばかりじゃつまらねえ、吉原の中に入ってみてえと言うからさ、医師や宗匠《そうしよう》に化けさせて入れてやったんだぜ。どうですえ、花の吉原は……」

「わずか一丁しか離れておらぬところに極楽があったなんて、この歳まで気がつきませんでしたよ」

「なにを抜かしやがる。呑む打つ買うの三拍子揃った破戒《はかい》坊主がよ」

「親分にかかっては法膳様も形無《かたな》しだ」

地中の穴に灯りがちらほらした。

「弁天様のご入来《にゆうらい》だ」

南五郎、法膳、豊嶋軍太夫の三人が穴の奥を覗き込んだ。

駕籠を担いできた四人の浪人は法膳が残した大徳利の酒を回し呑みしていた。

「親分、いるかえ」

地中から引き抜きの源次のくぐもった声が響いてきた。

「おお、駕籠も船も手配はできてらあ」

「ならば、女を上げるぜ」

南五郎と法膳が床下に飛び下りた。

「まずは遊女花染の道行だぜ」

南五郎が穴の中に手を差し伸べた。

地中から打掛姿の花染が這い上がってきた。

「わちきは穴はこりごりにありんす」

「花染、生まれ変わるためによ、おっ母さんのあそこをもう一度通ったと思いねえ」

「窮屈でありんした」

「男はそいつを求めて吉原に通うんだぜ」

花染がほっとした顔で床下から畳に上がった。

打掛が泥で汚れ、顔にもついていた。

よほど地中の逃避行が怖かったのか、顔を引きつらせた藤紫が姿を見せた。まだ頭の上におかめの面をつけていた。

藤紫は空気をむさぼり食うように口をぱくぱくさせた。

最後に引き抜きの源次が半身を覗かせた。

本堂にふたたび夜風が吹いた。

豊嶋軍太夫が振り向いて、叫びを漏らした。

「おのれっ！」

神守幹次郎を先頭に仙右衛門とふたりが飛び込んできた。ゆっくりとした動きで四郎兵衛が続いた。

「吉原から足抜をさせようなんて四郎兵衛会所が許さねえ！」

仙右衛門が叫ぶと畳にへたり込んだ遊女の傍らに走った。

幹次郎も番方に続き、遊女の前に立ち塞がった。

それを見た引き抜きの源次が素早く穴の中に引き返した。

逃げ場を失った法膳も源次に続いた。

「野郎！」

雷の南五郎が長脇差を引き抜き、仙右衛門に打ちかかった。

仙右衛門は匕首で応戦した。

四郎兵衛は片手を懐に突っ込んで、遊女ふたりを見張っている。

軍太夫が幹次郎に走り寄った。走り寄りながら、豪剣を引き抜きざまに幹次郎の眉間に叩きつけてきた。

数え切れないほどの修羅場を潜った剣法だ。

幹次郎は上体を丸めて、長身の軍太夫の胸に飛び込んだ。

豪剣の下を潜った幹次郎の肩が軍太夫の鳩尾を突き上げた。

奇襲に軍太夫が尻餅をついた。

四人の浪人が剣を揃えて、幹次郎に突進してくる。

反転して迎え撃つ幹次郎の和泉守藤原兼定二尺三寸七分が鞘走ったのはその瞬間だ。

眼志流浪返し。

光が円弧を描いた。

四人の真ん中を幹次郎が疾風のように走り抜けた。

ぎえっ！

悲鳴が上がって胴を深々と斬り割られたひとりが床下に転がり落ちた。

ひえっ！

藤紫が悲鳴を上げた。

幹次郎は反転すると同時に手元に引き寄せた兼定を横霞《よこがすみ》に転じさせた。

幹次郎が流浪の旅で工夫してきた居合抜きからの連鎖技であった。

ふたり目が太股《ふともも》を斬り割られて転んだ。

「どけ!」

尻餅をつかされて憤怒《ふんぬ》の表情に顔を朱に染めた豊嶋軍太夫が剣を八双に構え直した。

幹次郎は兼定を上段に取った。

間合は一間半(約二・七メートル)。

寺の本堂の天井は高い。切っ先が天井や欄間《らんま》に食い込む心配はない。

幹次郎は頭上高く兼定を掲げた。

軍太夫の八双の切っ先がゆっくりと下降してきた。

匕首を逆手に構えた仙右衛門と長脇差の雷の南五郎は渡り合いながら、叫び合った。

「賭場はお目こぼしになってもな、御免の色里の吉原に手を出すことは許されねえんだよ!」

「しゃらくせえ！」
花染も藤紫も予想もしない展開に身をぶるぶると震わせていた。
幹次郎の腰が沈んだ。
軍太夫の剣が中段《ちゅうだん》の構えに変わって、切っ先が幹次郎の喉首を狙って伸びてきた。
必殺の突き。
きえええっ！
堂宇《どうう》の大気を震わして怪鳥の鳴き声のような気合いが響いた。
畳を蹴った足を虚空に縮めて、幹次郎が頭上高く跳んだ。
和泉守藤原兼定の峰が幹次郎の背を叩くと一気に振り下ろされた。
軍太夫の突きが変転した。
薩摩示現流の鋭く重い一撃が弧を描いて軍太夫の眉間に雪崩《なだ》れ落ちた。
ぎえっ！
軍太夫の眉間から血飛沫が飛んだ。
真っ向幹竹割りが東軍流の皆伝者を腰砕けにして押し潰した。
雷の南五郎が軍太夫の敗北をちらりと視界の端に認めた。

動揺が走った。

幹次郎は床に着地すると切っ先を残った浪人らに向けた。

真っ青な顔を引きつらせたふたりが後退《あとじさ》りして、寺の外に逃げ出した。

幹次郎は視線を雷の南五郎と仙右衛門の対決に向けた。

そのとき、長脇差を翳した南五郎と匕首を腰にためた仙右衛門が間合を割って激突した。

南五郎が先に仕掛けていた。だが、軍太夫の死の衝撃を引きずったままの攻撃であった。

後《ご》の先《せん》。

仙右衛門が果敢に踏み込んだ。南五郎の長脇差が虚空に流れ、匕首が南五郎の腹に深々と刺さり込んだ。

南五郎の体が棒立ちになり、硬直した。

数瞬、ふたりは絡み合ったまま、止まった。

南五郎の手から長脇差が落ちた。

仙右衛門が肩で南五郎の体を押し戻した。

南五郎がよろけるように後退して、腹部の傷口を両手で押さえてへたり込んだ。

「仙右衛門どの、見事じゃ！」

そう叫んだ幹次郎は床下に飛び下り、穴の梯子を伝って地中に下りていった。

「四郎兵衛様、この場はお任せいたしますぞ！」

仙右衛門は本堂に点されていた手燭《てしょく》を取ると幹次郎に続いた。

梯子段は一丈《じょう》三、四尺（約四メートル）余もあった。

幹次郎が下り立った地中は暗黒が支配していた。

引き抜きの源次が逃げるとき、灯りを消していったとみえた。

幹次郎は左右の壁を手で探り、そこが二間（約三・六メートル）四方の広さを持つ部屋だと確かめた。

暗黒の一角から風が吹いてきた。

暗闇の中で兼定を鞘に納めた。

「神守様」

灯りとともに梯子段を仙右衛門が下りてきた。

ふたりは地中の部屋を眺め回した。板壁の張られた部屋の一角に幅三尺（約九十一センチ）、高さ五尺（約百五十二センチ）余の穴が開いていた。

「なんとまあ、えれえものを掘りやがった」

そう感嘆した仙右衛門が手燭の灯りを壁に掛けてあった行灯に移した。これでふたつの灯りが点ったことになる。

「番方、参るぞ」

行灯をもらった幹次郎が先頭に立った。

穴の天井と壁は殺された竹造や徳松たちの仕事か、土が崩れ落ちない程度に柱や板で囲われていた。

幹次郎は背を丸めて進んだ。

道はゆっくりと下降し、一番下りきったところには長さ一間余の水溜まりができていた。そして、板の橋が架けられていた。

「鉄漿溝の臭いですぜ」

仙右衛門が幹次郎の背から言った。

「このような穴を掘るのは素人ではできぬな」

「まずは金山掘りの人足辺りが関わってますぜ」

水溜まりを越えると緩やかに上る坂道が続いた。

くの字に折れ曲がった穴の行く手から灯りと一緒に闘争の気配が伝わってきた。

「番方、壱番屋に着いたようじゃ」

幹次郎たちは二間四方の部屋に到達した。その部屋には斜めに二尺幅の階段が設けられていた。

幹次郎は手にしていた行灯を吹き消すと、狭い空間を考えて脇差を抜いた。

無言で視線を交わし合った幹次郎と仙右衛門は、一気に階段を駆け上がった。

幹次郎が飛び出したところは壱番屋の主、庄右衛門らの住まいの奥座敷に囲まれた中庭の庭石の陰だった。

奥座敷では引き抜きの源次、壱番屋の男衆と、四郎兵衛の命で出動してきた長吉たちが渡り合っている。だが、あちこちに人数を分散していた会所方が少なく、押され気味だ。

「長吉、ひとりとして取り逃すんじゃねえぞ！」

庭に立った仙右衛門の激励の大声が響き、

「番方、承知だ！　壱番屋の表口も裏口も締め切って囲んでいらあ」

と長吉が応じた。

「客人はどうしたな」

吉原にとって遊客や花魁に怪我を負わせることが一番心配だった。

「客も花魁も外に逃がしたぜ」

雷の南五郎のすり替わりを見落とした失敗を取り返そうと、長吉は張り切っていた。

揚屋町の通りに騒ぎが及ばないような策を講じた後、壱番屋に長吉らは乗り込んでいた。

「ようしてのけた！」

引き抜きの源次が尖った視線を仙右衛門に向けると、二階へと大階段を駆け上がった。

匕首を翳した源次が二階の大廊下に飛び上がると、そこに幹次郎が立っていた。

「源次、もはや逃れられぬ。観念して裁きを受けよ」

手には和泉守藤原兼定が握られ、その切っ先はだらりと垂れている。

「引き抜きの源次様だぜ。痩せ浪人の手にかかるお兄《あに》いさんじゃねえや」

叫んだ源次は手にした匕首を構え直すと突っ込んできた。

修羅場を潜り抜けた攻撃は迅速果敢だった。

幹次郎は兼定で匕首を跳ね上げた。

源次は幹次郎の傍らをすり抜けると、締め切られた障子に頭から飛び込んで部屋に転がり込んだ。

った。

幹次郎も続いた。

最前まで宴席が催されていたか、膳が並んでいた。だが、人影は源次以外なかった。

源次が膳の銚子や皿を掴むと次々に幹次郎に投げた。

幹次郎が躱《かわ》した隙に二階の庇に逃れる算段だ。

幹次郎は避けなかった。

銚子を頭で受けた。

酒の匂いが鼻孔をついて、ぬらりとした血と一緒に顔を流れ落ちた。

「源次、そなたに唆《そその》かされて、挙句の果てに殺された女郎市川こといち、春駒ことはるの恨み、そなたの命で贖《あがな》ってもらう」

「なにを抜かしやがる！」

片膝をついた源次の双眸がぎらりと光った。

「はるの一家を惨殺した罪もある」

「それがどうした！」

源次が匕首を両手に握って突っ込んできた。

幹次郎にわが身を斬らせておいて、幹次郎の命を断つ捨て身の突きだ。

「死にやがれ！」

幹次郎はそれには応ぜず、傍らを走り抜けた。

躱された源次が手摺を越えて、揚屋町の通りに飛び下りて逃げるか、反転して攻撃を続行するか、一瞬迷った。

が、企てを潰された憤怒がその場に立ち止まらせた。

くるりと反転した。

幹次郎もすでに身を回していた。

兼定の抜身が鞘にあるときのように左腰に横たえられていた。

「命はもらった！」

ふたたび突進してきた源次の動きに合わせて、兼定が光に変じた。

二尺三寸七分の刃が弧を描いた。

「浪返し！」

眼志流の技から想を得て工夫を重ねた必殺の剣が源次の匕首を持った手を両断し、胴を深々と抜いた。

翻筋斗《とんぼがえり》を打つように源次の体が虚空を舞い、膳の上に叩きつけられて転がった。

だが、生きていた。

ふうっ……。

と息をついた源次の目だけが幹次郎を睨んだ。

「ちぇっ！　田舎侍に殺《や》られるなんて、おれも落ちたもんだぜ」

源次の口から呟きが漏れ、顔ががくりと膳から落ちた。

幹次郎は兼定を背に回すと指先で源次の呼吸を確かめた。

すでに死んでいた。

「これ以上、里を騒がすでない！」

階下から四郎兵衛の叱声《しっせい》が響いて、闘争の気配は急速に終焉《しゅうえん》を迎えようとした。

物音が熄《や》んだ。

静寂が壱番屋を包み込んだ。

幹次郎は大階段を下りた。

すると帳場に壱番屋の主庄右衛門と、天宝院の通い住職法膳、壱番屋の男衆たちが引き据えられて、四郎兵衛や仙右衛門らが囲んでいた。

「四郎兵衛どの、源次は生け捕りにできなかった」

四郎兵衛が幹次郎の額を流れる血を見た。

「どうせ獄門台《ごくもんだい》は逃れられません。神守様の手にかかって、あの世に行けたとは源次は運がいい」

そう言った四郎兵衛は、

「揚屋町名主庄右衛門、おまえさんの地獄はこれからです。会所の調べが終わっても白洲《しらす》が待ち構えている。両方ともに生半可《なまはんか》じゃないとな、覚悟しておきなされ」

庄右衛門の顔が恐怖に歪むと、

「四郎兵衛様、許してくだされ」

と身を畳に投げ出すように伏せた。

その直後、身を捩《よじ》らせ、大声を上げて泣き出した。

四

十数日後、会所の屋根船がゆっくりと神田川《かんだがわ》を遡《さかのぼ》っていた。

船頭の傍らに長吉が控え、なぜか空駕籠が一丁載せられてあった。

障子が立て回された船室には四郎兵衛と幹次郎が対座し、少し離れて番方の仙右衛門が控えていた。

数珠《じゅず》を手にした四郎兵衛も幹次郎も羽織袴の正装だ。

仙右衛門は会所の長法被を着ていた。

騒ぎの日、四郎兵衛自身が大門左手の面番所に出向き、南町奉行所内与力代田滋三郎と面談して、壱番屋の一件を通告した。

主の庄右衛門は会所の調べを受けた後、女郎たちを足抜させた罪で面番所に送られた。

十数日を経た今、庄右衛門は小伝馬町の牢に繋がれ、町奉行所の厳しい調べを受ける身に落ちていた。

吉原の五丁町の名主たちは、揚屋町の壱番屋の看板を下げることを申し合わせていた。すでに楼は会所の管理下にあった。

妙音院寺中天宝院の住職、法膳は寺社奉行に差し出されて、こちらも調べを待つ身だ。こうなれば妙音院の賭場開帳についても、お咎《とが》めがあるのは必定《ひつじょう》だった。

足抜騒ぎは鎮まりをみせようとしていた。

屋根船の動きが緩やかになり、船着場に到着したようだ。

長吉が障子を引き開けて、四郎兵衛が船室を出た。

幹次郎、仙右衛門と続く。

屋根船は神田川に架かる上水道の木樋《きどい》の下に泊まっていた。

「行ってくる」

四郎兵衛を先頭に土手を上った。通りに出ると、秋の夕暮れ前の陽光が静かに照らしつける昌平坂《しょうへいざか》学問所、聖堂の甍《いらか》が見えた。

三人は旗本の屋敷の塀の間の道を北に進んだ。すると御弓町《おゆみちょう》の通りにぶつかった。

「こちらにございます」

仙右衛門が四郎兵衛を左に導き、広壮な屋敷の表門で足を止めた。

この十数日、会所では番方を頭にこの屋敷内外と主の行動を徹底的に調べ上げていた。

その上での寄合旗本三千四百石、高濱朱里の屋敷訪問だった。

永《なが》の非役にありながら、門番所付きの長屋門は手入れが行き届いていた。

門番が三人の訪問者を見た。

「用人佐久間喜三郎《さくまきさぶろう》様にお取り次ぎを願います。浅草裏の四郎兵衛が高濱朱里様の亡き奥方、縫《ぬい》様のご仏前にお線香を手向《たむ》けさせていただきたく参じましたとな」

法会《ほうえ》のための訪問だ。門番が頷くと、

「ここにお待ちくだされ」

と三人を残して、玄関番の若侍に告げに行った。

若侍と門番は門前の三人を見ながら話していたが、若侍が奥に姿を消した。門番が戻ってくると、

「玄関先でしばらくお待ちを……」

と門を潜ることを許した。

「浅草の四郎兵衛とな」

と言いながら、老用人佐久間喜三郎が姿を見せた。

「お初にお目にかかります。私は吉原会所の四郎兵衛と申しまして、大番頭室賀《むろが》美作守《みまさかのかみ》様にお世話になっておる者にございます。奥方様が室賀家よりこちらにお輿入《こしい》れになる前に親しくお目にかからせていただいたこともございますれば、なにとぞお線香を上げさせていただきとうございます」

丁重な挨拶に佐久間は、

「痛み入ったご挨拶、よう来られたな」

と玄関先から自ら廊下を先導して仏間に向かった。

手入れの行き届いた庭の紅葉《もみじ》が鮮やかに色づき始めていた。

「おお、これは見事な……」

「殿も亡き奥方様も庭の手入れにはことのほか気を遣われてな」

「そうでございましょうとも……」

仏間には灯明が点され、線香の煙が静かにゆらいでいた。

「奥方様はお元気そうにございましたのにな」

「夏前より急に食が進まなくなってな、まさかこのように早くお亡くなりになるとはわれらも考えもせなんだわ」

佐久間の言葉はどこか作りごとめいていた。

四郎兵衛が頷くと、仏壇の前に進み線香を手向けて合掌した。

その口から般若心経《はんにゃしんぎょう》の真言《しんごん》が静かに流れた。

続いて幹次郎が、仙右衛門が、会ったこともない高濱朱里の奥方、縫の方の仏前に頭を垂れた。

「これで安心致しました……」

「それにしても吉原会所の主どのが奥方と知り合いとは努々《ゆめゆめ》思わなかったわ」

「佐久間様、殿様にもご贔屓《ひいき》にしていただいておりますよ」

老用人が今度は困った顔をして、四郎兵衛を見た。

「つい先日の八朔にも殿様にご迷惑をおかけしましてな、今日は奥方様の菩提《ぼだい》を弔うのとお殿様にお詫びをと参じましたので。恐れ入りますが、お殿様にお目通りできませぬかな」

「そのような気遣いは無用にいたせ」

「折角吉原田圃から神田川を上ってきました三人にございます。ぜひともお目にかかってお詫びを」

四郎兵衛はいつになく強引だった。

「それとも私どもとお会いくださるのにご不都合でもございますかな」

「いや、そんなことはない。ならば暫時《ざんじ》、この場で待ってくれぬか。ご返答を伺って参るでな」

老用人佐久間喜三郎が仏間から出ていった。

四郎兵衛の顔が位牌を向いて、

「奥方様、お名を借りて申しわけございませぬ」

と頭を下げて詫びた。

「佐久間、しっかりせえ。なんで奥と吉原会所の四郎兵衛が知り合うというのじゃ」

「いえ、こちらにお輿入れの前ということにございます」

「室賀の屋敷でもそのようなことは聞いたこともない。なんぞ言い掛かりをつけに来たに相違ないぞ。仏間に上げたのは佐久間そなたの失態、ともかく追い返せ」

書院から高濱朱里の大声が響いた。

「はい、さようなれば……」

佐久間が廊下に出て、立ち竦んだ。

「そ、そなたらは……」

四郎兵衛が老用人を押し退《の》けるように書院に通った。

幹次郎と仙右衛門も続いた。

幹次郎は腰から抜いた和泉守藤原兼定を傍らに引き寄せて坐った。

「無礼者めが！　ここをどこと心得ておる。神君家康《しんくんいえやす》公以来の旗本三千四百石の拝領屋敷じゃぞ。素直に退散いたせばよし、もし……」

「もし、退散せねばどうなさるな」

四郎兵衛が顔を朱に染めて怒鳴る朱里を睨み返した。

「馬印《うまじるし》を許された高濱家じゃ、腕に自慢の者もおる」

「およしなせえ、殿様が恥をかくだけの話だ」

「おのれ！　佐久間、者どもを呼べ」

「御用人様もお入りなされ。殿様とふたり、私の話を聞いた上で四郎兵衛が無礼を働いたとなれば、いかようにもしなせえ」

「言うたな」

「申しました」

佐久間喜三郎が主の傍らに怖る怖る座った。

「早う要件を申せ」

「旗本八万騎と俗に申されますが、御免の色里吉原から花魁を足抜させて、妾《めかけ》にしたのは高濱朱里様、そなた様が初めて」

「なんと申した」

「ひえっ！」

朱里が絶句し、佐久間用人が悲鳴を上げた。

「なんの謂《いわ》れがあって、そのような言い掛かりをつけるか」

「高濱様、八朔の日に茶屋で待ちぼうけを食うなどお旗本の殿様がなかなか手が込んだお芝居をなさる。おめえ様にこの話を持ち込んだ揚屋町壱番屋の庄右衛門は、すでに小伝馬町の牢に繋がれておりますよ」

「な、なんと……」

「吉原の花魁を落籍《ひか》せるにはそれだけの手続きと何千両かの金がかかります。それを庄右衛門は、おめえ様に半金の二千両で言い交わした香瀬川をお届けしますと約束したそうな……」

ま、待ってくだされ、と用人が叫んで会話に割って入った。

「四郎兵衛どの、屋敷の懐具合を打ち明けて恥ずかしいかぎりじゃが、旗本三千四百石と申せ、無役の高濱家は扶持米《ふちまい》をすでに三年先まで借りるほどじゃあ。半金にせよ、どこに二千両など花魁を密かに身請けする金などあろうか」

訴える佐久間喜三郎の顔には必死の表情が漂っていた。

「用人様、おまえ様の忠義心には頭が下がる」

と応じた四郎兵衛が、

「奥方、縫様の死因は何にございますな」

とふいに話題を転じた。

「何と申した……」

絶句する佐久間をよそに高濱が立ち上がって、刀掛けの大刀を摑んだ。

「重ね重ねの悪口雑言《あっこうぞうごん》、奥の死まで汚《けが》しおるか。その方、それに直れ、叩き斬ってくれる」

叫んだ朱里が刀を抜き差しにして、四郎兵衛に斬りかかった。

幹次郎が、
ささささっ……

と畳の上を膝行《しっこう》し、右手に持った和泉守藤原兼定の柄頭で朱里の腹部を突いた。

どど、どどっ！

と尻餅をついて倒れた朱里が顔を真っ赤に染めて、

「者ども、出合え、狼藉者《ろうぜきもの》じゃ！」

と叫んだ。

「いいんですかえ、恥の上塗りですぜ」

四郎兵衛が平然と呟き、用人の佐久間を見た。

先ほどから成り行きを見守っていた家臣らがおっとり刀で走り込んできた。

「水沼《みずぬま》、よい。下がっておれ！」

佐久間がよろめくように立ち上がると先頭の家臣を廊下に押し戻した。

「用人様、よろしいので！」

「行き違いじゃ、下がって控えておれ！」

用人の必死の形相に家臣たちが下がっていった。

「用人どのはさすがに賢い」

四郎兵衛が抜身を下げてぶるぶると震える高濱を睨み上げた。

「そんな危ない刃物なんぞ鞘に納めて、最後まで話をお聞きなせえ。わっしの心持ち次第で御目付《おめつけ》が入ることになる。そうなれば、神君家康公以来のお家、高濱家がお取り潰しになるやも知れませんぜ」

四郎兵衛が言い放った。

「そ、それだけは……」

佐久間が四郎兵衛に訴えた。

「こっちはな、世間に病死と伝えられているお縫様が自裁《じさい》なされたことも承知してるんだ」

佐久間が絶望の悲鳴を上げた。

役職に就きたい朱里は上様の信頼厚い御番頭の室賀家に日参して、次女の縫との結婚を懇願した。祝言《しゅうげん》が挙げられたのは二年前のことだ。

「こちらにお輿入れなされた縫様は、祝言を挙げてすぐだというのに吉原通いをするおめえさんに驚かれ、悲しまれた。お子ができなかったこともお縫様の憂《うれ》いを深くさせた。それだけじゃねえ、こともあろうに吉原から馴染の花魁、香瀬川太夫を足抜させて、屋敷に入れた……」

「四郎兵衛どの、なぜそのようなことまで」

と佐久間が顔面に冷や汗を滴《したた》らせながら訊いた。

「この数日ねえ、会所の者を動かして調べましたのさ。お縫様に室賀の家からついてこられた女中衆は、殿様の酷い仕打ちに怒っておられたから、なんでも喋ってくれましたぜ」

「さようなことが当家の周りで起こっていたのか」

「用人、おまえ様が責めを感じることはない」

四郎兵衛が朱里の顔をはたと正視した。

「高濱の殿様、お縫様はおめえさんが足抜させた花魁に子供を産ませると言った夜に、喉に守り刀の切っ先を当てられたんだぜ。ちったあ、良心に呵責《かしやく》をおぼえないかえ」

佐久間が声を殺して泣き出した。

「その上、壱番屋の庄右衛門に支払った二千両には、縫様の持参金を充てたというじゃないか。こちらと違って、大番頭の室賀家は裕福だ。お縫様のお輿入れにたっぷりと持参金をお持たせなさった……その金で花魁を足抜させるなんて、女衒だって考えつきませんぜ、高濱様」

朱里の手から抜身が落ちた。

幹次郎が拾い、高濱朱里ががっくりと尻をついた。

「この四郎兵衛、室賀の殿様とは繋がりがなくもない。すでに室賀の殿様にお目にかかってこの一件申し上げてある。おめえは室賀様の推挙《すいきよ》でお役をいただきたかったようだが、そいつも諦めねえ」

「なんと……」

青い顔に変じた高濱はぶるぶると体を震わせた。

隣室の襖が引き開けられ、御殿風の髷に結い換えた香瀬川太夫が姿を現わし、座敷の端に正座した。

「七代目、いかようにもお咎め、お受け致します」

向けられた四郎兵衛の双眸は冷たかった。

「神妙と言いてえが、ちっとばかり阿漕《あこぎ》だったねえ、花魁」

香瀬川が黙って平伏した。

「花魁、おめえが三千四百石の奥方様の座を欲しがったばかりに、お縫様が命を絶ちなすった」

「そ、それは」

「違うと言うのかえ。朱里様がなにを唆そうとおめえは吉原に売られてきた籠の鳥だ。おめえも花魁といわれる位まで上り詰めたんだ、言葉ひとつでやんわりと躱してほしかったねえ。それにさ、どうせ出るなら、皆に祝われて大門から出てもらいたかったねえ。見栄かもしれねえ、虚栄かもしれねえ、しかし初代の高尾《たかお》太夫を始め、おまえの先輩衆はそれだけの見識を持っておられた。だから、伊達《だて》の殿様だろうと、高家《こうけ》旗本だろうと対等に盃《さかずき》のやり取りができたんだ……」

香瀬川太夫の伏せた背が上下に細かく動いて、嗚咽《おえつ》の声が漏れたのを幹次郎は聞いた。

仙右衛門が静かに書院を出ていった。

「まさか鉄漿溝の下をどぶ鼠のように這いつくばって里の外に出たなんて、おめえさん、どの面下げて吉原の衆に顔合わせができるのかえ」

「四郎兵衛様、一生の願いにございます。この場で死なせてくださりませ」

「花魁、甘ったれちゃいけねえ。おめえは一生涯、吉原で働くことになる。それが見てはならねえ夢を見た者の務めだ」

四郎兵衛は言い切った。

嗚咽の声が高鳴った。

「鉄漿溝の下を這いずって、里の外に逃げたってのは会所と五丁町の名主だけにとどめてある。松葉屋の香瀬川太夫は体を壊して、御寮で静養していたことにしておいた。花魁、四郎兵衛ができる最後の慈悲だ」

「有難うございました、四郎兵衛様」

香瀬川太夫の声が響いて、廊下に駕籠が運ばれてきた。

担ぎ手は長吉と船頭に、若い衆だ。

「花魁、おめえが御免色里の外を見るのはこれが最後だ。瞼に残して乗りなされ」

四郎兵衛の声が書院に響いた。

顔を上げた香瀬川は、虚脱して身を慄《ふる》わす高濱朱里に一瞥《いちべつ》もすることなく、駕籠に乗り込んだ。

長吉が外の景色を窺うこともできない戸を静かに締め切った。

神田川の流れに船宿牡丹屋の屋根船が乗った。

香瀬川が座す乗り物は船の舳先に乗せられ、傍らに仙右衛門と長吉が付き添っていた。

四郎兵衛は瞑目していた。

その姿は疲れ果て、小さく見えた。

幹次郎は開け放たれた障子から流れの上の空を見上げた。

十三夜の月が雲間にうすく見えた。

胸に言の葉が浮かんだ。

一睡の　夢果つるや　後《のち》の月

二〇〇三年九月　光文社文庫刊
（初出　二〇〇二年三月　ケイブンシャ文庫）

光文社文庫

長編時代小説
足《あし》　抜《ぬき》　吉原《よしわら》裏《うら》同心《どうしん》(2)　決定版
著者　佐《さ》伯《えき》泰《やす》英《ひで》

2022年4月20日　初版1刷発行

発行者　鈴木広和
印刷　萩原印刷
製本　ナショナル製本

発行所　株式会社　光文社
〒112-8011　東京都文京区音羽1-16-6
電話 (03)5395-8149　編集部
8116　書籍販売部
8125　業務部

ISBN978-4-334-79331-9　Printed in Japan

組版　萩原印刷